法治安徽建设
年度报告（2014）

安徽师范大学法治中国建设研究院
安徽省法学会　编

安徽师范大学出版社
·芜湖·

责任编辑：胡志立
装帧设计：丁奕奕

图书在版编目(CIP)数据

法治安徽建设年度报告.2014 / 安徽师范大学法治中国建设研究院，安徽省法学会编.—芜湖：安徽师范大学出版社，2015.11

ISBN 978-7-5676-2252-4

Ⅰ.①法… Ⅱ.①安… ②安… Ⅲ.①社会主义法治—建设—研究报告—安徽省—2014 Ⅳ.①D927.54

中国版本图书馆CIP数据核字(2015)第252689号

法治安徽建设年度报告(2014)

安徽师范大学法治中国建设研究院　安徽省法学会　编

出版发行：安徽师范大学出版社
　　　　　芜湖市九华南路189号安徽师范大学花津校区　　邮政编码：241002
网　　址：http://www.ahnupress.com/
发 行 部：0553-3883578　5910327　5910310(传真)　　E-mail：asdcbsfxb@126.com
印　　刷：浙江新华数码印务有限公司
版　　次：2015年11月第1版
印　　次：2015年11月第1次印刷
规　　格：700×1000　1/16
印　　张：10.75
字　　数：118千
书　　号：ISBN 978-7-5676-2252-4
定　　价：22.00元

前　言

中国法学会连续多年编辑出版《中国法治建设年度报告》(中英文合版),就全国前一年的立法、司法、执法和法学教育、法学研究、人权的法治保障等进行简要报告。这是法治白皮书系列图书之一。此前,法治蓝皮书系列已经推出,主要包括由中国社会科学院法学研究所与社会科学文献出版社共同推出的《中国法治发展报告》,全国各地方的法治发展报告也陆续推出。地方法治发展报告,据不完全统计,目前每年出版一本法治发展报告的有:《北京法治发展报告》《湖南法治发展报告》《贵州法治发展报告》《江苏法治发展报告》《上海法治发展报告》《河南法治发展报告》。2014年法治蓝皮书系列还推出了《中国政府透明度指数报告》《中国司法透明度指数报告》《中国海事司法透明度指数报告》《中国检务透明度指数报告》和《浙江法院阳光司法指数报告》。此外,面世的还有钱弘道的《中国法治指数报告(2007—2011年):余杭的实验》。

这表明,就地方法治发展报告而言,全国

部分省市已走在前列，并可以预见，借十八届四中全会之东风，将有更多省份会陆续公布其法治发展报告。在全面推进依法治国进程中，安徽省的法治建设及其成就需要加强宣传，编纂全国发行的《法治安徽建设年度报告》是一种简便的宣传方式。

当然，编纂《法治安徽建设年度报告》更是安徽法治建设自身的需要。中共安徽省委已出台了《关于贯彻落实党的十八届四中全会精神全面推进依法治省的意见》，编纂《法治安徽建设年度报告》是落实该意见的具体举措，对每年的安徽法治建设的成绩进行总结，分析存在的问题，明确下一年的努力方向，对推动法治安徽建设会有裨益。另外，通过编纂《法治安徽建设年度报告》积累经验，加强研究，等条件成熟时，我们适时推出《安徽法治指数报告》。

本报告由工作报告和调研报告两部分组成。工作报告包括2014年安徽省的立法工作、省人大常委会监督工作、依法行政工作、审判工作、检察工作、司法行政工作、知识产权保护工作、省法学会的法治推动工作，涵盖了法治安徽建设的主要方面和内容，主要突出法治安徽建设的成就。调研报告涉及内容较为广泛，有宏观的法治人才培养机制、民众的法治意识状况，也有较为具体的微观层面的城镇生活垃圾治理、兼职大学生维权意识、冤假错案应对措施等，主要突出问题意识，以期更好地为法治安徽建设服务。

本报告的撰写酝酿、主题选择得到了安徽省法学会前专职副会长路平同志的大力支持，在资料收集过程中得到了安徽省有关部门和工作人员的大力支持，在此一并致以深深的谢意！

工作报告的调研、资料收集主要由彭凤莲、孙荣传、马广见、王宇松完成，编撰主要由王宇松、陈银珠、李光宇完成，由彭凤莲统稿。调研报告主要由安徽师范大学法学院的学生完成，由王宇松统稿。

因资料收集的限制和编撰者能力水平的限制，本报告错漏之处在所难免，请各位读者赐教。

编 者

2015年9月

目　录

第一篇　法治安徽建设工作报告

一、立法工作

2014年，安徽省人大常委会共制定、修改法规13件，批准合肥、淮南两市法规6件，另外还对4件法规案进行了审议。在立法工作中，牢牢把握立法工作总体要求和基本原则，始终做到“三个维护”（维护宪法法律权威、维护社会公平正义、维护公民合法权益）、“六个坚持”（坚持党的领导、坚持围绕中心服务大局、坚持依法立法、坚持人民主体地位、坚持从实际出发、坚持科学立法民主立法）；同时，根据新的形势、任务和要求，不断提高立法质量，着力增强法规的及时性、系统性、针对性、有效性，发挥立法的引领和推动作用，强化改革发展的法制保障。

——认真落实中央和省委省政府全面深化改革决策部署，抓好相关立法工作。中央对全面深化改革作出战略部署，省委省政府及时制定我省贯彻落实意见，其中不少涉及人大立法工作。省人大常委会认真落实改革任务，重点围绕省委改革领导小组2014年工作要点，及时启动相关立法工作。在全国较早修改《安徽省人口与计划生育条例》，使国家“单独两孩”生育调整政策及时在我省落地。根据“健全‘一府两院’由人大产生、对人大负责、受人大监督制度”要求，在2013年出台相关法规的基础上，2014年制定《安徽省人民代表大会常务委员会关于省人民政府、省高级人民法院、省人民检察院工作人员任前审查和任后监督的规定》，在全国率先以地方立法形式对任前审查和任后监督进行规范，创新人事任免工作的理念、制度和机制；开展《安徽省人民代表大会常务委员会讨论、决定重大事项的规定》修订工作，通过立法规范“一府两院”重大决策出台前向人大及其常委会报告制度，推动讨论决定重大事项决定权的行使取得积极进展。修订《巢湖流域水污染防治条例》，进一步理顺管理体制，细化防治目标，硬化防治措施，强化监督手段和法律责任等，为防治巢湖流域水污染提供有力法制保障。启动《安徽省大气污染防治条例》立法工作，回应人民群众重大关切，改善大气环境质量，推进生态文明建设，促进经济社会发展与环境保护相协调。

——主动适应我省经济社会发展和民主法治建设需要，审议和通过一批重要立法项目。省人大常委会紧紧围绕全省工作大局，有针对性地加强重点领域立法。制定《安徽省建设工程造价管理条例》，适应城镇化快速发展要求，完善建设工程造价形成机制，加强国有投资工程造价监督，规范纠纷处理程序，进一步优化工程建设法治环境。制定全国第一部治理超限超载法规《安徽省治理货物运输车辆超限超载条例》，突出立法重点，强化源头治理，特别是在法律框架内对法律责任及处罚措施作出从严规定，体现重典治乱要求，切实保护人民群众生命和财产安全。制定《安徽省非物质文化遗产条例》，紧密结合安徽实际，就非物质文化遗产的抢救保护、合理利用、传承发展等作出明确规定，有利于弘扬优秀传统文化、推动文化事业和产业发展、加快文化强省建设。制定《安徽省学前教育条例》，从立法层面回应群众的普遍关切，促进公办、民办幼儿园共同发展，解决学前儿童入园难、入园贵等突出问题。制定《安徽省特种行业治安管理条例》，就相关行业的特殊治安管理有针对性地作出一系列明确规定，对于创新社会治理体制、促进社会和谐稳定具有重要意义。制定《安徽省气候资源开发利用和保护条例》，针对我省气候资源的突出优势和分布特点，明确管理体制，优化制度设计，强化气候资源的合理开发利用，促进资源节约型、环境友好型社会建设。修订《黄山风景名胜区管理条例》，创造性地授予风景区管委会综合执法权，为促进旅游业健康发展探索了新路。制定《安徽省企业民主管理条例》，完善以职工代表大会为基本形式的企业民主管理制度，更好地保障基层群众民主权利。修订《安徽省实施〈中华人民共和国水土保持法〉办法》，强化水土流失的预防和治理，保护和合理利用水土资源，促进经济社会和生态环境协调发展。修订《安徽省人民代表大会常务委员会组成人员守则》，进一步完善履职规范，增强刚性约束，有利于保证组成人员依法履职，整体提升常委会议事水平和质量，更好地发挥地方国家权力机关作用。此外，常委会还审议了《安徽省非煤矿山管理条例（草案）》和《安徽省邮政条例（草案）》。

——深入推进科学立法、民主立法，着力提高立法质量。一年来，省人大常委会在完善立法体制机制，推进科学立法、民主立法方面进行了有益探索。特别是以工作机制创新为抓手，强化立法主导，健全立法决策和协调机制，更多地牵头组织起草法规。2014年立法计划安排的17件审议类立法项目中，由有关专门委员会和工作机构牵头组织起草8件，对于有效防止部门利益法制化起到了重要作用。在坚持以往行之有效做法的基础上，进一步做好法规草案公开征求意见工作，将所有法规草案及各次修改稿向社会公布，重要法规草案寄送全体代表。加强立法调查研究、分析论证，加大重大问题沟通协调力度，更加广泛听取意见，在科学立法、民主立法上迈出了新步伐。为了健全法规起草、论证、协调、审议机制，更好地通过座谈、听证、评估、公布法规草案等途径扩大公民有序参与立法，主任会议还通过了《加强立法协商协调工作的意见》《立法后评估办法》等规范性文件。

——积极开展大气污染防治协作立法，探索区域立法协作机制。长三角地区三省（江苏、浙江、安徽）一市（上海）人大开展大气污染防治协作立法，是落实国家关于“建立长三角区域大气污染防治协作机制”战略部署的重要举措，是深化区域性人大工作合作的重要内容，也是地方立法创新实践的重要探索，意义重大。2014年5月上旬、8月下旬、9月中旬，三省一市人大常委会领导同志及有关方面负责同志，相继在上海、南京、徐州就大气污染立法合作机制、内容规范等进行会商，取得了重要成果，并就搭建区域立法协作平台、建立区域立法协作制度、形成常态化区域立法协作机制等形成共识。

——不断加大规范性文件备案审查工作。全年审查报备规范性文件271件。加大主动审查力度，对“一府两院”报备的规范性文件全部进行了主动审查。对接收到的公民、组织提出的审查建议，认真研究，提出处理意见并及时予以答复。对有关省政府规章和重要规范性文件、“两院”执行司法解释的指导性文件，在正式实施前提前介入，进行审查。加强制度建设，主任会议通过了《规范性文件备案审查主动审查办法》，法制工作委员会制定了《规范性文件备案审查被动审查工作规程》。

二、省人大常委会监督工作

2014年，省人大常委会继续加大监督工作，如审议“一府两院”报告23项，开展全省性执法检查3次、专题询问2次、满意度测评1次，发出审议意见书13份，作出决议决定13项，完成了全国人大委托的代表视察、执法检查、专题调研以及立法征求意见等工作。这些工作的高质量完成，有效推动了法治安徽建设的进程。

（一）不断强化预决算的审查

安徽省人大常委会进一步健全了2014年预决算审查及国有资产监督机制，认真审查和批准决算，听取和审议国民经济和社会发展计划、预算的执行情况报告，听取和审议审计工作报告。

——认真审议了有关预决算报告。省人大常委会认真审议了省政府关于安徽省2014年上半年国民经济和社会发展计划执行情况及下半年工作意见的报告、安徽省2014年上半年预算执行情况及下半年工作意见的报告、安徽省2014年省级预算收入预计超收及安排使用情况的报告，审议了省政府关于2014年安徽省本级预算调整方案，并作出决议；审议了省政府关于安徽省2013年财政决算的报告，并作出决议。

——认真审议了有关审计报告。2014年，省人大常委会认真审议了省政府关于安徽省本级2013年度预算执行和其他财政收支的审计工作报告、省政府关于2013年省本级预算执行和其他财政收支审计整改情况的报告。

——加强对政府性投资的监督。2014年，省人大常委会认真审议了省政府关于2013年省级政府投资安排使用和2014年预算安排情况的报告，把监督重点从关注投资规模向调整投资方向、改进投资方式、提高投资效益上转变。听取部分专项资金分配使用情况汇报，提出调整意见，使政府投资的规范性和实效性得到增强。

——持续关注全省政府性债务问题。政府性债务成为省人大常委会2014年持续关注的问题，省人大常委会听取了全省政府性债务审计情况的报告，并围绕健全债务管理机制、防控债务风险等问题展开深入调研，提出了有价值的宝贵意见，为省政府多措并举、强化管控提供了参考，使安徽省在这方面工作走在全国前列。

（二）高度关注经济发展质量

针对复杂多变的宏观经济形势和发展中的新情况新问题，省人大常委会充分行使各项职权，支持政府积极应对，攻坚克难，较好地推动了政府完成全年经济社会发展的目标和任务。

——积极推动经济运行体制改革。省人大常委会围绕提高经济运行质效，听取报告11项，开展执法检查1次，发出审议意见书6份。为了支持政府有效破解工业和民营经济发展中的难题，审议了省政府关于深化行政体制改革情况的报告，开展专题调研，组织代表问政，听取专项报告，并就减少审批事项、减轻企业负担、推动政策落地、解决企业融资难融资贵等问题提出意见，这些意见大多得已落实。

——积极推动科技创新驱动战略实施。省人大常委会非常关注安徽省实施的科技创新驱动战略，跟踪督促整改科技进步法执法检查中发现的问题。省人大主任会议认真听取了省政府关于科技进步法律法规检查重点问题整改情况的报告，详细了解了安徽省在推动创新发展能力提升、科技资源优化配置、科技人才队伍建设等方面的情况。围绕现代农业发展进行了深入调研，就培育壮大新型农业经营主体、完善社会化服务体系、加大现代农业建设投入等提出明确意见。

（三）着力推动民生工程改善

维护人民群众根本利益，是人大工作的出发点和落脚点。2014年，安徽省人大常委会紧紧围绕如何保障和改善民生，开展了一系列卓有成效的工作，使得安徽省的民生面貌发生了改变。

——继续紧抓食品安全，重点推动农村各项民生工程实施。对于关乎广大人民群众生命健康的食品安全问题，省人大常委会连续4年紧抓不放，步步深入，2014年再次审议全省食品安全工作，审议省政府关于全省食品安全工作情况的报告，在肯定成绩的同时，对理顺体制、强化监管等提出进一步要求。并就社会关注的转基因食品监管问题组织暗访、调研和视察，推动实现专柜销售、明确标识。省人大常委会还重点选择农村饮用水安全、农村公路养护、五保供养等民生工程进行视察，督促有关方面完善管理办法和具体措施，有效落实相关法规和决议，以更好惠民利民。

——首次开展满意度测评工作，将民生监督工作向纵深推进。在安徽省十二届人大常委会第十六次会议中，省人大常委会首次开展了满意度测评工作，常委会组成人员在认真听取和审议省政府关于全省食品安全工作情况的报告后，以无记名投票的方式，填写了满意度测评表。在收回的53张测评票中，满意票15张，基本满意票33张，不满意票5张，根据《听取和审议专项工作报告及满意度测评办法的规定》，这次满意测评的结果为基本满意。在全国率先实施了省人大常委会对省本级的满意度测评工作，将人大的民生监督工作向纵深推进。

——着眼维护经济社会发展大局，推动社会治安管理工作有序开展。省人大常委会听取审议了省社会治安管理工作情况的报告，审议了省政府关于全省社会治安管理工作情况的报告；认为安徽省社会治安总体状况是好的，社会大局和谐稳定，但存在的风险和隐患也不少，维护社会稳定的任务繁重艰巨；建议政府进一步提高社会治安管理水平，全力保障意识形态安全，扎实做好敏感节点维稳工作，严密防范和严厉打击暴力恐怖活动，切实维护人民群众生命财产安全和公共安全，确保社会大局和谐稳定。

——突出就业这个民生之本，对落实就业创业政策措施开展专题审议询问。省人大常委会审议了省政府关于全省就业创业工作情况的报告，并开展专题询问。组成人员充分肯定近年来安徽省就业创业工作取得的显著成效，同时就不断深化改革、推动就业优先战略实施、创造性地落实积极就业政策、切实解决就业中存在的结构性矛盾等重点问题，提出了建设性意见。要求政府及相关部门认真落实省人大常委会的审议意见，深入研究并切实解决组成人员和代表在询问中提出的问题，有关工作机构跟踪问效，扎实推动全省就业创业工作发展。

（四）大力推进生态环境保护

加强生态环境保护，推进生态文明建设，是全社会的共同责任。2014年以来，省人大常委会始终把这项工作摆在突出位置，综合运用立法、监督、决定等多项职权，着力推动一些突出问题得到解决，取得了阶段性成效。

——多措并举，着力推动大气污染防治工作。2014年省人代会上14个代表团516名代表提出86件大气污染相关议案建议，代表们对同一问题反映如此集中前所未有。省人大常委会充分尊重代表的重大关切，把推进大气污染防治列为2014年工作重点，贯穿全年始终。省人大常委会审议了政府关于全省大气污染防治工作情况的报告，开展执法检查，并进行专题询问，作出决定。实行省、市、县三级人大联动，出组合拳、打整体战，统筹运用立法、决定、审议报告、专题询问、执法检查等方式，全力推动大气污染防治工作。特别是在执法检查前组织媒体暗访、检查中再次暗访，以查找问题、指出问题为主。省人大常委会还就加强建筑施工扬尘污染防治、强化大气污染防治分别作出决定，对工业废气、机动车尾气、燃煤小锅炉、秸秆焚烧等污染防治明确提出量化目标和时限要求，并督促执行。各级政府高度重视，采取有力措施落实目标责任，大气污染加剧的势头得到遏制。

——多措并举，积极推动巢湖流域水污染防治工作。省人大常委会高度重视巢湖流域水污染防治工作，审议了省政府关于巢湖流域水污染防治情况的报告，综合运用法定职权，多措并举着力推进防治工作。省人大常委会认为，近年来，省政府及有关方面认真贯彻省委决策部署，加大巢湖流域水污染防治工作力度，取得阶段性进展，但总体形势依然严峻，防治工作任重道远。要求省政府及巢湖流域各级政府，特别是合肥市政府要进一步切实负起责任，既要着眼长远打好持久战，又要抓住突出问题打好攻坚战，尤其要善于运用法律武器、法治方式推动问题得到有效解决，促进巢湖流域水环境持续改善。

——上下联动，大力推动依法治水。省人大常委会非常重视推动政府部门依法治水，采取上下联动、点面结合、明察暗访等方式开展水法执法检查，特别开展了关于《中华人民共和国水法》的实施情况执法检查，指出了执法中存在的突出问题，就依法治水、用水、管水、节水等提出了有针对性的意见和建议。要求政府及有关部门认真落实相关法律法规和常委会组成人员的审议意见，运用法治思维和法治方式做好“水文章”，着力推动资源和生态环境保护的法治化，促进安徽经济社会可持续发展。

（五）推动行政体制改革，促进法治政府建设

行政体制改革在全面深化改革中具有基础性、牵引性作用。2014年，省人大常委会认真审议了这方面工作报告，给予了足够的关注，并就政府如何落实好各项改革措施、确保取得实效提出明确要求，以推动政府体制改革，加速法治安徽建设。

——充分肯定政府改革成效，积极推动各项改革措施的落实。省人大常委会审议了省政府关于深化行政体制改革情况的报告，充分肯定省政府改革创新、勇于突破的精神，在全国首批推行权力、责任、涉企收费“三张清单”等一系列重大改革举措，同时就如何落实好各项改革措施、确保取得实效提出明确要求。

——积极转变工作方式，引导预算编制体制改革不断深入。省人大常委会重点推动预决算编制改革和国有资本经营预算提标扩面。提前介入预算编制，牵头推进省级预算公开评审，提高预算编制的科学性，实现了省、市、县三级预算信息全部公开。

——开展多项专题调研，为行政体制改革献言献策。省人大常委会还围绕城乡一体化发展、深化农村综合改革、医药卫生体制改革以及扩大文化体制改革成果等开展专题调研，就破除体制机制障碍、增强发展活力等提出意见，对完善深化改革的政策措施起到促进作用。

（六）支持司法体制改革，维护公平正义

加快司法体制改革，改进和完善司法制度体系，不断提升司法在维护社会公平正义中的重要性和权威性，是推动法治国家建设的必要条件和重要保障。省人大常委会积极参与和支持司法体制改革，大力促进司法机关依法行使审判权和检察权。

——督促“两院”深化改革，不断完善司法制度。为加强和改进民事审判、民事检察工作，省人大常委会分别审议“两院”报告，作出相关决议，就严格依法办案、优化司法环境、维护当事人合法权益等提出要求，并督促认真落实。推动“两院”完善司法民主、便民利民以及矛盾纠纷化解制度，落实人大代表旁听庭审制度。

——扩大民众参与司法，提高案件审判质量。省人大常委会积极支持加快实施人民陪审员“倍增计划”和人民监督员制度改革，推行生效法律文书、重大案件庭审网络公开，健全案件受理审查、质量保障和跟踪问效等机制。

——推进法律援助制度落实，维护社会公平正义。实行法律援助制度，是社会主义的本质要求，是贯彻法律面前人人平等宪法原则的重要体现。省人大常委会积极开展关于《安徽省法律援助条例》的实施情况执法检查，要求相关单位高度重视这次执法检查中发现的问题，认真落实组成人员的审议意见，进一步加强统筹谋划和协调配合，切实把贯彻法律援助条例与落实律师执业的规定等相关法律法规结合起来，把强化政策保障与改进服务方式、提高工作质效统一起来，把法律援助与司法救助、社会救助衔接起来，全面提升安徽法律援助工作法治化水平，更好维护社会公平正义，推动社会和谐发展。

三、依法行政工作

2014年，在省委省政府的坚强领导和统一部署下，全省各级行政机关深入贯彻党的十八大和十八届三中、四中全会精神以及习近平总书记系列重要讲话精神，稳步推进法治安徽建设进程，依法行政各项工作取得新的进展。

（一）领导干部及执法人员学法培训工作

2014年，无论是省政府，还是省直厅局、各个市县，都非常重视领导干部和执法人员依法行政意识与能力的培养提升，并希望通过各种学法和培训制度来丰富领导干部和执法人员的法律知识，提升他们的法治思维和理念，进而推动法治安徽的建设。

——省政府加强对机关干部依法行政能力的培训。省政府全年举办了十二期依法行政专题培训班，三期省级以上开发区主要领导干部依法行政培训班，一期领导干部依法行政能力提升研修班。把依法行政作为公务员初任、任职和在职培训的必修课程，纳入各级党校、行政学院主题班次的教学安排。

——许多厅局都形成和强化了领导干部带头学法的风气和制度。2014年以来，安徽省的众多厅局都在不断强化领导干部带头学法的做法，并进一步将这一做法制度化。如省环保厅党组带头学习法律法规，将依法开展环保工作的相关法律法规列入厅党组中心组的学习内容，倡导尊法、学法、用法、守法的风气，并通过开展各种法律讲座活动，帮助大家准确把握依法行政要义，主动运用法治思维、法治方式解决环境保护实际工作中遇到的各种各样的困难或问题，在全厅上下倡导崇尚法治、敬畏法律、以法律规范行政行为的理念。再如省交通厅，在各级交通运输部门建立了领导干部学法用法制度，把宪法、法律和行业法律法规作为党组（党委）中心组学习的重要内容，定期开展专题学法活动和法治教育培训活动，切实提高领导干部运用法治思维、法治方式解决问题的能力，努力营造“遇事找法、办事用法、解决问题靠法”的良好氛围。

——主要关键执法部门逐步加强对本部门一线执法人员的培训。各执法部门都逐步重视对本部门一线执法人员的法律知识培训和法律思维的培育。如省食品药品监督管理局，把2014年确定为“食品药品监管教育培训年”，采取“四统一”（统一调配经费、统一编写培训教材、统一组织师资备课、统一组织培训验收和效果评估）方式，利用近半年的时间开展了食品药品监管专业知识普及大轮训，由省局领导分头带师资去全省16个市送学上门，先后办班38期，轮训市县基层监管人员9 500人次；同时，还举办了食品药品监管各专业化培训班28期，精训细训监管专业骨干4 900余人次，提高了基层监管人员依法监管的水平。再如省质监局也加大了一线执法人员的培训，所有一线执法人员必须经过培训和执法资格考试，并取得行政执法证件后才能从事行政执法工作。2014年，组织开展县级市场监管局行政执法系统统一考试、统一资格认证与执法证件、统一开展业务培训、统一执法文书、统一市场监管行为规范。全省共有13 000余人参加行政执法资格考试，12 894人成绩合格取得市场监管行政执法资格。

——多部门合作加强对基层执法人员培训。针对“三合一”后基层执法人员法律知识结构不合理、专业能力不足的问题，省政府明确由省法制办会同省食药监、工商、质监等部门，及时对基层市场监管骨干开办了两期专业知识培训班，并对基层监管人员统一进行了执法资格培训和考试，换发了执法资格证书。

（二）政府立法工作

立法工作是依法行政的源头工作，行政立法工作机制的民主和公正是依法行政得以实现的前提，也是高质量法律文件得以形成的基本保障。2014年，从省政府到一些关键的行政执法部门，都非常重视立法工作的民主性、公正性和规范性，及时做好政府规章的立、改、废工作，以及规范性文件的审查和备案工作。

——省政府进一步完善了立法工作机制。2014年，省政府坚持开门立法，不断拓宽公众有序参与立法的途径。开展立法协商，主动征求省政协对地方性法规和政府规章草案的意见，对《安徽省女职工劳动保护实施办法》开展了立法后评估。坚持立、改、废、释并举。全年提请省人大审议地方性法规草案9件，制定省政府规章9件。对1979年至2013年省政府提请省人大常委会审议通过的164件地方性法规和171件省政府规章进行了全面清理，建议废止、修改地方性法规14件，决定废止、修改省政府规章34件。

——关键性行政执法部门加强了本部门规章和规范性文件的制定、审查和备案工作。如安徽省食品药品监督管理局在2014年加强了规范性文件审查和备案，从源头杜绝违法。该局明确规定拟出台的规范性文件，须经局长办公会议研究同意后，报送省政府法制办进行前置审查，并按照审查意见修改完善，再由局长签发并报省政府备案，确保出台的规范性文件合法、科学。对于涉及群众切身利益的规范性文件，通过召开座谈会、听证会等方式征求意见，并上网发布，接受公众查阅和监督。2014年，省食品药品监督管理局共对12件规范性文件进行内部合法性前置审查，数量比2013年有了大幅度增长，增幅居安徽省直机关第一。又如省工商局，2014年上半年，对由该局起草的现行有效的六部地方性法规和三部省政府规章进行了清理，对《安徽省合同监督条例》《安徽省消费者权益保护条例》《安徽省著名商标认定和保护条例》提出了修改建议，建议废止《安徽省股份合作制登记管理办法》，建议修改《安徽省户外广告监督管理办法》。结合商事登记制度改革，省工商局两次组织对该局制发的规范性文件进行及时清理，废止44件，失效32件，修改8件。再如省文化厅，2014年，机关共清理各类制度107项，新出台35项，修改完善51项，废止17项。

（三）清单编制工作

“权力清单、责任清单、涉企收费清单”的三清单编制工作是国务院推动依法行政的重大举措，2014年是全国三个清单编制工作的开启年，安徽省在2014年全面启动了三个清单的编制工作，将法治安徽建设推向了一个全新的历史时期。

——在省级层面，建立并运行省级政府权力清单、责任清单和涉企收费清单制度。2014年10月31日，省政府向社会发布权力清单，依法确认1 712项省级政府权力事项。在编制权力清单的同时，同步推进责任清单制度建设，针对保留的行政权力，编制1.2万余条责任事项、2万余条追责情形。在全省16个市和105个县（市、区）全面推开政府权力清单和责任清单建设工作。完成了省级涉企收费项目的清理工作，取消228项，保留170项。

——在市县政府层面，全面铺开清单编制工作，并有所创新。如淮南市于2014年7月21日，在全省率先公布市政府行政权力清单；亳州市开始了“权力清单、责任清单、行政收费清单、政府公共服务清单”的四清单编制工作。

（四）依法决策机制的建立健全工作

决策是行政行为的起点，依法决策是法治政府建设和运行的重要保证。安徽省在2014年加强了依法决策机制的建立和完善工作，开始逐步将政府的重大事项决策纳入法治运行轨道。

——出台了《安徽省人民政府关于进一步规范政府系统

重大事项决策行为的意见》。通过该规范性文件，逐步完善政府重大决策程序，在重大决策上坚持公众参与、专家论证、风险评估、合法性审查、集体讨论决定等法定程序，全面规范重大决策行为，广泛听取方方面面的意见和建议，及时纠正违法和不当决策。

——建立并推行重大决策合法性审查制度。省政府法制办增设了合法性审查处，具体承办省政府重大决策事项合法性审查工作。所有重大决策事项在提请会议审议前，一律须经同级政府或部门法制机构进行合法性审查，未经合法性审查或者经审查不合法的，不得提交会议讨论或者制发文件。

（五）行政审批制度改革工作

2014年是地方政府承接落实国务院行政审批事项取消和下放的关键一年，安徽省从省政府到各个厅局及市县政府都积极按照国务院的要求，认真做好相关工作，取得了良好的成绩。

——安徽省对2013年以来国务院取消和下放的7批632项行政审批事项，做到了取消到位、承接到位、监管到位。并积极开展省级行政审批专项清理工作，省级行政审批事项从316项减少到213项，精简幅度达到32.6%。

——行政审批权比较集中的重点厅局都按照省政府的要求，做好相应的改革工作。如2014年4月，省工商局根据《安徽省人民政府关于精简调整一批行政审批项目的决定》（皖〔2014〕4号）要求，对照行政审批等10类行政权力事项，结合职能调整、注册资本登记制度改革和有关法律法规修改等情况，对省局行使的行政权力事项进行了全面自查清理。为深化商事登记制度改革，10月在天长市开展了“一照三号”试点。同时稳步推进“先照后证”改革，并在铜陵市和巢湖市先行开展了“先照后证”试点。通过实施商事制度改革，营造了高效便捷的市场准入环境，激发了大众创业、万众创新的热情，安徽省各类市场主体保持了快速增长的态势。2014年，全省新登记企业12.57万户，增长13.09%。

如省环保厅，同样根据《安徽省人民政府关于精简调整一批行政审批项目的决定》（皖〔2014〕4号），于2014年2月取消和下放了一批行政审批项目，将部分建设项目环境影响评价文件审批权和竣工环境保护验收权、辐射安全许可证相关审批权下放或委托市级环境保护行政主管部门，同时还取消了光伏发电、体育场、体育馆、展览馆、博物馆、美术馆、影剧院、音乐厅、文化厅、图书馆、档案馆和纪念馆等建设项目的试生产、试运行核查权。

——市县级政府也积极行动起来，进行了行政审批权的清理工作，大大精简了行政审批事项。如合肥市，多次开展行政审批清理工作，截至2014年12月底，共保留行政审批项目135项，减少168项，精简率为55.4%。其中，市本级保留行政审批83项，减少64项，精简率为43.5%。再如亳州市，于2014年2月启动了行政审批制度改革工作，2014年8月，下发了《亳州市人民政府关于公布市级行政项目清理结果的通知》，并通过政务公开网予以公开，对市本级366项行政审批项目进行了分类清理，最后保留的市级行政审批项目共84项，减少了77%，都为行政许可项目；取消13项；下放管理层级共114项；转变管理方式共125项；冻结共15项；转报政府部门审批的共15项。

（六）政务服务中心建设工作

2014年，安徽省继续加大政务服务中心建设力度，不断压缩简化政务办事环节、完善服务流程，让权力运行更透明，百姓企业办事更便捷，为依法行政营造了良好的外部环境。

——省政务服务中心更加便民高效。全面完成省直单位相对集中行政审批权改革，共有44个单位近350项公共服务项目进驻省政务服务中心，省级审批部门及审批项目进驻率达100%。实施多轮流程再造，平均承诺时限比法定时限减少61%，办件提速率为52.5%。省政务服务中心全年共办理各类事项384.38万件。2014年10月省质监局审批办整体进驻政务中心，所有行政审批事项和审批主要环节都集中到省政务服务中心质监窗口统一办理。省质监局行政审批严格实行“窗口受理、专家组审查、审批办审核、局领导批准”四分离工作机制，并对行政审批流程进行优化再造，压缩审批环节，使审批总时限大大低于法定的工作日。

——各个市县的政务服务中心建设取得了全面进步。如滁州市政务服务中心秉承“创新为纲、效率为本、服务为魂”的理念，不断完善功能，改革创新，提高效能。该中心进驻共70个部门，其中行政审批部门40个，公共服务部门14个，与审批相关的中介服务机构16个，窗口工作人员近

500人，办理各类行政审批和服务事项430个大项（700子项）。2014年通过7轮流程再造，基本实现了“大厅之外无审批，大厅之内审批快”。全年共办理各类审批服务事项共108万件，日均办理4 300余件，其中即办件81万件，占总数的75%，集中收取税费逾90亿元。这既方便了百姓和企业，也加强了政府的依法行政能力。

（七）执法制度的改革和创新工作

执法制度的改革和创新，既是法治政府建设的重中之重，也是法治政府建设的难中之难。2014年，全省各级政府和关键执法部门，都积极推动执法制度的改革和创新，取得了一定的成效。

——在省政府的重视和领导下，安徽省的“综合执法”试点工作全面推开。为破解执法领域权责脱节、争权诿责、执法力量分散、监管不到位等问题，2014年，安徽省加快了探索和推进横向综合执法改革的工作步伐。在城管、文化等领域的综合执法方面，全省的市、县、区已基本覆盖；在农业综合执法领域，10个设区的市、80个县（市、区）也在稳步推进；在城市管理综合执法方面，合肥、芜湖、铜陵等城市利用信息化平台，已将城市管理综合执法由7+X模式向11+X模式拓展，使综合执法功能和服务水平得到大幅度提升。

——省交通运输厅继续全面推进“阳光执法”制度改革。2014年，省交通运输厅加快研发并推进安徽省交通运输行政执法公开运行系统，运用科技信息化手段固化行政许可、行政处罚、行政强制等执法行为的操作流程，实行行政处罚的“零裁量”，并借助互联网络公开执法结果，接受社会和上级部门监督。同时，打破了原有各执法系统间的“信息孤岛”，实现了执法信息数据的实时交换共享，对规范执法、预防腐败、高效便民等起到了积极的作用。2014年4月，合肥、淮北、阜阳、宣城一起纳入全省交通运输行政执法公开运行系统使用试点城市，合肥市利用公开运行系统办结行政处罚案件2 631件。

——省工商局继续推进和完善案件核审、大要案集体讨论和备案制度。各级工商机关所有按一般程序办理的行政处罚案件，调查终结后，均须交由法制机构进行核审，法制机构从案件的事实、证据、定性、适法、程序及自由裁量权等方面提出核审意见，对办理不规范的案件不予通过核审。核审工作在加强对系统执法办案的监督、规范执法办案行为、防范执法办案风险方面发挥了重要作用。各级工商机关都规定对案情重大、复杂、罚没数额较大的案件，以及法制机构和办案机构意见不一致的案件等，均须提交会议集体讨论决定，并根据本地情况对集体讨论案件的范围、程序等做出了规定。为加强对各地查办大要案件的监督指导，继续强化大要案件备案制度的执行力度，对备案的案件，法规处都需认真进行审查，发现违法或不当问题及时向相关市局反馈，督促整改。

——省工商局新建立了行政处罚信息公示制度。2014年，省工商局还利用通过制定《依法公开制售假冒伪劣商品和侵犯知识产权行政处罚案件信息规定（试行）》的契机，建立了行政处罚信息公示制度，使行政执法更加透明。

——省质监局对诚信制度体系建设进行了有益的探索和实践。2014年5月省质监局开通了“安徽企业质量信用信息平台”，平台汇集全省90余万家各类型企业的质量信用数据信息，公众在网上即可查询企业质量信用信息。与此同时，该局还与省委宣传部、省文明办等20家单位共同签署《安徽省“构建诚信·惩戒失信”合作备忘录》，探索建立产品质量“红黑榜”发布制度。

（八）自由裁量权试点工作

在行政执法过程中，执法人员滥用自由裁量权不仅容易导致各种不公和矛盾的产生，也严重影响党和政府的形象，破坏党和政府与人民群众之间的和谐关系，阻碍政府依法行政工作的推动。为加快建立法治政府，2014年，安徽省全面推动了行政执法自由裁量权改革工作，取得了良好的成绩。

——省政府积极开展规范行政执法自由裁量权试点工作。2014年12月省政府制定了《关于建立行政处罚裁量基准制度的指导意见》，对行政处罚裁量权基准制定工作的程序、标准、时限等提出了明确的要求。

——各个厅局稳步推进规范行政执法自由裁量权试点工作。根据省政府的意见，各个厅局认真落实行政执法自由裁量权试点的相关工作，结合本部门的实际情况，逐步建立和完善本部门的自由裁量权基准制度。如省质监局2014年进一步完善了行政处罚裁量权制度，12月26日，该局与省政府法制办联合印发了《安徽省质量技术监督行政处罚裁量权基准适用规则》和《安徽省质量技术监督行政处罚裁量权基准》，进一步规范行政处罚裁量权，完善行政处罚裁量权基准制度，保障质监法律、法规和规章的有效、统一实施。再如省食药监局制定了《安徽省食品药品监督行政处罚裁量权适用规则》及裁量基准，在通过省政府法制办组织的专家论证会后正式出台，按照药品类、化妆品类、医疗器械类、食品类排序，共细化量化154项食品药品行政处罚裁量基准和10项食品药品行政强制裁量基准。

——各个市县结合本地区具体情况，积极推动规范行政执法自由裁量权试点工作。各市县积极响应省政府的号召和要求，结合本地区的经济、社会发展状况，积极探索和推进行政执法自由裁量权改革试点工作。如铜陵市按照部门分类梳理、法制机构审查把关、市政府审核确认的工作流程，对市级的含自由裁量权的行政处罚权进行了细化和量化，划分从轻处罚、一般处罚和从重处罚的阶次，对多项自由裁量权量化到点，初步建立了自由裁量权阶次制度和基准制度。

（九）"两法衔接"工作

健全和落实行政执法和刑事司法的衔接机制，减少直至消除执法部门"以罚代刑"的行为，对于规范行政执法行为，打击刑事犯罪都是十分重要的。2014年，安徽省为健全和落实"两法衔接"机制做出了一些努力，主要执法部门都不同程度地加强了"两法衔接"机制的健全和落实工作。

——省环保厅加快了"两法衔接"机制的制度体系建

设。2014年1月14日，省环保厅联合省公安厅转发了环保部和公安部《关于加强环境保护与公安部门执法衔接配合工作的意见》（环发〔2013〕126号），要求各地认真贯彻执行。同时，省环保厅与省公安厅联合制发了《安徽省环境保护与公安部门执法衔接配合工作实施细则（试行）》和《关于办理环境污染违法犯罪案件的若干意见（试行）》。9月23日，省环保厅联合省公安厅、省检察院举办了全省环境执法“两法衔接”培训会议，推动环境执法与刑事司法的有效衔接。

——省工商局强化了“两法衔接”的落实工作。2014年，省工商局会同省检察院联合开展了全系统的“两法衔接”工作专项检查，对全系统的案件移送、联席会议制度的建立和落实、“两法衔接”信息共享平台应用等情况组织开展了一次检查。发现由于受体制下划、机构整合等因素的影响，一些市、县、区工商（市场监督管理）机关与公安、检察机关的“两法衔接”联席会议、案件线索通报等制度没有建立，没有具体的承办机构负责此专项工作；一些市局和县区市场监督管理局没有启动“双打”案件两法衔接平台的网络对接、案件信息录入等工作，有的虽然已经开通，但没有录入案件信息；一些地方的工商（市场监督管理）机关在向公安机关移送涉嫌犯罪案件时，没有及时抄送同级检察院备案；有的重大复杂案件，因缺少公安机关及时配合、提前介入，导致部分证据没能及时收集，案件移送后给公安机关侦查工作增加了难度。省工商局会同省检察院对这些问题提出了整改意见，印发了情况通报。

——省质监局在2014年进一步落实了“两法衔接”工作机制。按照国家质检总局和安徽省“双打”工作领导小组的统一安排部署，全省质监系统积极推进打击侵权和假冒领域行政执法与刑事司法衔接工作信息共享平台建设，实现行政执法信息与刑事司法信息的互联互通，全省多个市局实现了专线连接、专机录入、专人管理。

——许多市县结合本地区情况，采取了多种措施健全和落实“两法衔接”工作。如2014年8月，合肥市正式启用“打击侵权和假冒伪劣领域”两法衔接信息共享平台，通过汇总、整理、分析已录入平台的相关信息，及时发现案件线索，在行政机关、公安机关、法制部门、监察机关等部门之间建立信息互联共享机制。合肥市工商局联合市人民检察院对全市工商（市场监管）行政执法与刑事司法衔接配合工作进行了执法检查，并实地到新站区、肥东县市场监督管理局查看了涉嫌犯罪案件移送的情况，了解“两法衔接”中存在的问题、制度建设等，谋求更好地实现“两法衔接”。

（十）案卷评查工作

案件评查已成为各个执法部门规范行政执法，进行事后监督的重要手段。2014年，从省政府及其直属机关，到市县级政府都非常重视案件评查工作，通过对案卷的分析，发现执法实体、执法程序存在的问题，提出解决对策，提升执法水平。

——省政府积极开展重点领域行政执法案卷评查工作。

2014年，省政府组织了对市县政府涉及民生的人社、环保、国土资源、水利、文化、地税、工商、食品药品监管、安全监管、城市综合管理等10个行政执法部门的行政执法案卷进行抽查评查，涉及十几个设区的市，几十个县（市、区）的行政处罚（强制）、行政许可等几百份案卷，发现和纠正了大量问题，规范了行政执法行为。

——各个市县结合本地区的情况，积极开展本辖区内各种形式的案卷评查工作。如合肥市历时2个月，共评查案卷3 000余卷。结合行政执法监督专项调研、市纪委巡查掌握的情况，专项通报全市行政执法案卷情况，对评选出的优秀案卷，点名到具体承办部门、承办人员，发挥示范和激励作用；对存在问题案卷，也点名到位，要求及时整改，并通过案卷评查“回头看”，督促整改落实到位。

（十一）政府信息公开工作

政府信息公开制度的落实和完善，是约束政府依法行政的有效手段。安徽省在2014年进一步加大了政府信息公开制度的建设、落实和完善，取得了良好的成效。

——省政府积极做好信息公开各项工作。安徽省于2014年出台了《安徽省政府信息公开办法》，对社会普遍关注、涉及群众切身利益的行政审批、财政预决算、保障性住房、食品药品安全、环境保护、安全生产、价格和收费、征地拆迁、教育等重点领域，加大信息公开力度，细化信息公开内容，认真做好依申请公开工作，开通网上在线申请，方便群众提出信息公开诉求。2014年，全省各级行政机关主动公开政府信息215.1万条，办理依申请公开7 000件。如省国土资源厅主动公开征地批文1 383个，依申请公开征地信息386件。

——各个市县加强了政府信息公开制度的落实和完善工作。如合肥市大力推进信息公开，整合合肥门户网站、市政府信息公开网和各部门子网站信息资源，实现互联互通，形成“三网合一”的政府信息发布新平台。截至2014年12月底，全市738家单位1 300余用户，通过市政府信息公开网发布信息237 652条。其中，主动公开信息216 704条，占总数的91.19%；依申请公开信息5 320条，占总数的2.24%；不予公开信息15 628条，占总数的6.57%。

（十二）行政复议工作

行政复议既是行政相对人维护自身权益的重要手段，也是行政机关实现内部监督的有效手段。2014年，从安徽省政府到各个厅局及市县都非常重视行政复议的内部监督功能，强化利用行政复议来规范依法行政，取得了一定的成效。

——安徽各级政府加大了利用行政复议进行纠错的力度。2014年，全省各级行政复议机关共收到行政复议申请8 551件，受理7 201件，审结7 153件。其中，省政府本级收到行政复议申请586件，受理521件，办结434件。已审结的案件中，直接和间接纠错2 217件，综合纠错率为31%。

——各个厅局加大了利用行政复议规范依法行政的力度。如省环保厅不断完善行政复议的工作机制，做好“五个坚持”：一是坚持重要案件集体讨论和专家论证，严把案件“事实关”“法律关”，对复杂的行政复议案件，专程派人进行现场调查核实并确认；对疑难复杂行政诉讼案件，视情况邀请行业专家、法律顾问参与集体讨论和研究。二是坚持发挥行政复议纠错功能，发现行政执法中存在违规行为的人或事，坚决予以纠正，绝不袒护。三是坚持合法、合理、合情办案，力争实现法律效果和社会效果相统一，让人民群众从每个案件中感受到公平正义。四是坚持运用调解或和解的方式，寓讲法、讲理、讲情于讲事实之中，把人民群众的合理利益诉求放在首位，有效化解行政争议，维护社会稳定。五是坚持行政首长在行政应诉案件前，听取法制部门有关应诉准备情况的汇报；行政应诉案件开庭审理之后，再次听取应诉情况的汇报，确保行政机关负责同志虽然因公不能出庭应诉，也能够正确指导，及时跟踪案件审理情况，从而自觉履行法院判决，接受司法的公正监督，切实维护法律的严肃性，增强环保部门的社会公信力。

再如省食品药品监督管理局，规定其政策法规处为其行政复议工作机构，设置专岗，建立健全行政复议、应诉备案和统计制度，对行政复议、应诉案件即时上报备案，以便及时掌握该局系统内的行政复议、应诉状态，有针对性地进行指导和监督。2014年，该局受理的行政案件比2013年增长了192%，增幅居全省第一，总数居全省第三。对于多数行政复议案件，该局及时作出了撤销、变更的处理，得到了公众的认可，没有发生一起因办理行政复议引发的诉讼案件。

该局还对行政复议案件比较集中的市局进行了约谈，指出其存在的问题，督促其改进工作。2014年，总局和省政府受理了4起以该局为被申请人的行政复议案件，该局积极地进行材料准备，认真进行答复。2014年以该局为被告的行政诉讼案件有2起，该局均胜诉。

——市县在不同程度上加大利用行政复议手段监督行政执法的规范性。如滁州市，2014年全市各级行政复议机关立案202件，审结180件，其中维持74件、撤销13件、终止审理30件、确认违法5件、不予受理41件、驳回申请17件，综合纠错率为26.7%。

（十三）行政权力监督工作

加大来自各方面力量的监督是推动政府依法行政、建设法治政府的重要举措。2014年，安徽省在重视传统监督力量对政府依法行政进行监督的同时，积极探索新的监督形式，保障了法治政府建设的稳步推进。

——主动接受人大、政协监督。省政府认真做好省人大常委会审议意见的落实工作，全年办理省人大常委会的审议意见书14份，开展了10项重点民主协商活动。努力提高代表建议和政协提案办理工作成效，办理省人大代表建议772件，办理省政协委员提案918件。市县政府也主动接受人大、政协监督，如合肥市2014年承办人大代表议案、建议和政协委员提案908件，办结率为100%。亳州市2014年办理回复人大代表议案9件、建议204件和政协委员提案309项，满意率均达96%以上。

——自觉接受司法监督。鼓励支持各级行政机关出庭应诉。2014年，全省各级行政机关出庭应诉5 811次，省政府本级出庭应诉102次。

——切实加强社会监督。健全群众意见收集、办理、反馈工作机制，“省长信箱”共受理群众来信8 691件，“省长热线”接听群众电话6 000余通，已全部回复和办理。各个市县也利用各种途径，接受社会监督。如芜湖市在群众举报投诉制度落实方面做得较好，有“12345政府服务直通车”、市民心声网站、市政府网站政务微博等举报投诉渠道。2014年，“12345政府服务直通车”共受理诉求86 069件，市民心声网站共办理市民咨询投诉11 717件，市政府网站政务微博留言投诉共办理15件。

——不断强化专门监督。在省级层面：一是加强审计监督，全省审计机关共审计和专项审计调查5 736个单位，审计后挽回或避免经济损失26.52亿元；二是强化监察监督，全省监察机关共立案查办涉及行政监察对象的案件4 686件，处分行政监察对象4 207人，其中市厅级干部9人，县处级干部155人。市县层面也在不断强化专门监督，如2014年，合肥市审计局完成审计项目44个，共审计和延期审计459个单位，查出违规金额886万元，管理不规范金额66.74亿元，挽回或避免经济损失18.09亿元。

——完善省政府法律顾问、立法咨询员和特邀行政执法监督员制度。对省政府法律顾问、立法咨询员和特邀行政执法监督员进行了重新选聘，制定了相关的工作规则。

——推行网上受理信访制度，完善信访和调解联动工作体系，化解政府与民众的矛盾。全省县以上信访机构共受理群众信访193 688件（次），同比下降8.7%。严格诉访分离，省信访局接待的涉法涉诉来访批数、人次同比分别下降35.3%和5.8%；完善终结评议制度，终结事项息访率达95%以上。

（十四）普法工作

在重视政府依法行政的同时，安徽省在2014年也十分重视普法工作，从省政府到各个厅局都将普法工作作为一项重要工作，积极投入人力物力，采用多种形式进行普法。

——省政府有效组织开展依法行政宣传。省政府法制办发布《依法行政在安徽（2004—2014）》白皮书，召开新闻发布会，举办图片展。加强法治政府建设新闻报道，全年各主要媒体共刊发省政府法制工作新闻稿件320篇；创办了“安徽法制”手机报，每周向全省5 000多名领导干部发送；举办全省依法行政知识电视大赛；开展“12·4”宪法日、“江淮普法行”等法治集中宣传活动。

——省环保厅在2014年4月24日新修订的《环境保护法》颁布后，省环保厅主要负责人就立即要求按照“谁执法谁普法”的原则，加紧开展系列普法宣传活动，各分管领导带队到各市开展新《环境保护法》普法宣传，基本上做到了普法宣讲工作全覆盖。

——省文化厅积极鼓励、支持、引导群众开展法治文化活动。2014年，省文化厅结合“全国文化信息资源共享工程”“文化下乡”“文化惠民消费季”等工作，落实法制宣传教育各项任务。省图书馆采购、入藏法治类图书1 553种4 038册，期刊61种，报纸9种；法治类图书外借17 499册次，占总借阅量的3.4%。此外，还充分利用大厅显示屏、网站、宣传栏、板报及“新安百姓讲堂”“安徽人文讲坛”等公益性讲座宣传法律法规，传播法律知识。同时，在农村创新开展100个农民文化乐园试点建设，提高农民文化和法律知识。2014年10月后，结合《安徽省非物质文化遗产条例》的正式实施，文化厅要求各个部门加大该条例的普法宣传教育，在黄山、合肥等地举办多期培训班，组织有关专家进行立法解读和宣传。

——省国土资源厅继续抓好对社会的普法宣传。2014年，省国土资源厅组织开展了送法进机关、进乡村、进社区、进学校、进企业、进单位等“法律六进”活动，免费发放法律宣传手册和知识读本；在安徽日报等主流媒体开展法律宣传和厅网站开辟法制专栏进行宣传；利用《政风行风热线》和“12336热线”为群众提供法律咨询服务，以及利用每年的“4·22”世界地球日、“6·25”全国土地日、“8·29”全国测绘法宣传日和“12·4”国家宪法日暨全国法制宣传日等节点，全系统联动，开展内容丰富、形式多样的法制宣传教育活动，提高全社会的法律知识水平。

（十五）创建和考核工作

深入开展依法行政示范单位创建活动，认真做好年度依法行政考核工作。2014年，各设区的市先后评选出464家依法行政示范单位，充分发挥了示范单位的引领带动作用，推动了全省依法行政整体水平的提升。同时对考核指标进行调整完善，改进考核方式，实行年终考核和日常考核相结合、自查和复查相结合，考核的评价和引导作用同时发挥。

（十六）“制度+技术”对依法行政的推动

在依法行政中，利用技术手段结合必要的制度创新来规范行政执法，克服人性的弱点，在现代信息化社会里越来越重要。安徽省在推进法治政府建设的过程中，非常重视利用信息化手段对城市进行管理，在依法行政方面进行了创新和探索，2014年，有些市县在这一方面已经取得了良好的成绩。

——合肥市数字化城市管理平台建成试运行。从2014年9月下旬起，合肥市市、区两级数字化城市管理平台基本建成，并进入全面试运行阶段。数字化城市管理平台的运行，通过信息技术与城市管理应用的有机结合，对城市管理流程进行科学再造，创新了城市管理模式，将极大地提高城市管理效能和水平，最终实现城市精细管理与全面覆盖管理的有机结合，高效管理与长效管理有机结合，便民管理与依法规范管理有机结合。

——亳州市网上政务服务大厅开通运行。2014年9月底，亳州市开始网上办事大厅的建设，12月1日开通运行。亳州网上办事大厅是以信息化技术为支撑，将之前的实体性大厅功能向网上虚拟大厅迁移的一项重大“制度+技术”的创新。网上大厅根据审批权限的不同，分为市直、谯城、涡阳、蒙城、利辛、市经开区6个厅，覆盖计生、民政、人社、教育、工商、税务、国土等50个部门。利用大数据技术，建立了前台申报系统、后台审批系统和电子监察系统；以政府权力清单和责任清单为基础，将总数为2 878项权力事项，“颗粒化”为10 305项子项和公共服务501项，并配以相应的责任，借助网上平台，对权力运行实现全过程、标准化、自动化运行和具体可操作的监管，使“互联网+”形成了新的管人、管事制度，创建了权责一致、监察高效的新制度体系。通过这个平台，亳州市的行政审批、为民服务类事项都可以网上申报、网上审批（办理），达到审批透明化、痕迹数据化，基本实现了在网上对办理行政审批、为民服务类事项的全过程实时监控。这种新的行政服务模式，不仅可以大大缩短行政审批时间，为企业“松绑”、向市场放权、给群众方便，而且能够有效保障审批结果的公开、公正，杜绝了行政不作为、乱作为和“吃拿卡要”的不正之风。亳州市网上政务服务大厅的成功运行，为推进安徽的法治政府建设、廉洁政府建设、服务型政府建设，寻找到一个有效的突破口。

四、审判工作

2014年，全省法院共受理各类案件587 769件，审、执结541 210件，民商事、执行案件标的额1 428.79亿元，同比分别上升17.26%、16.67%、75.74%。其中，省高院受理各类案件8 865件，审、执结8 131件，民商事、执行案件标的额151亿元，同比分别上升27.90%、22.82%、148.78%。

（一）依法惩治刑事犯罪

2014年，全面贯彻宽严相济刑事政策，各级法院审结各类刑事案件39 313件，判处罪犯49 229人。严惩严重暴力犯罪、侵财型犯罪、黑社会性质组织犯罪，审结案件10 147件，判处15 221人，维护社会治安秩序。严厉打击制售有毒有害食品、伪劣药品等犯罪，审结案件197件，判处386人，保护人民群众生命健康。审结组织传销、非法集资、网络诈骗等涉众型经济犯罪案件1 450件，判处2 656人，维护市场经济秩序。认真贯彻省委关于开展禁毒专项行动的统一部署，切实加强毒品犯罪审判工作，审结案件1 833件，判处2 596人，坚决遏制该类犯罪高发态势；加大对毒品犯罪案件财产刑执行力度，集中执结案件1 516件，执行到位1 219.10万元。依法惩治贪污、贿赂等职务犯罪，审结案件1 411件，判处1 915人；及时审判了陈良纲受贿案、毋保良受贿案等一批有影响的重大案件，推进反腐败斗争深入开展。强化铁案意识，坚持罪刑法定、疑罪从无、证据裁判、人权保障等原则，确保无罪的人不受刑事追究，共宣告无罪19人。

（二）妥善处理民商案件

2014年，各级法院共审结各类民商案件347 058件，标的额923.71亿元，同比分别上升19.42%、92.83%。审结金融借款、投资融资、商贸物流、股权转让、破产重组及房地产等纠纷案件110 324件，服务经济转型升级。加强对民营企业的平等保护，制定诉讼保全信用担保管理办法，破解中小微企业诉讼难题，为非公经济发展营造良好环境。加大知识产权司法保护力度，审结各类知识产权案件1 668件，保障创新驱动发展战略实施。加强涉外、涉港澳台案件审理，审结案件400件，促进开放型经济发展。依法审理环境资源纠纷案件2 831件，保护良好的生态环境。认真审理农村土地承包经营权流转、涉农征地拆迁等纠纷案件2 355件，推进城镇化与新农村建设。妥善审理婚姻家庭、劳动争议、损害赔偿、拖欠农民工工资、民间借贷等涉民生案件195 888件。强化涉军审判工作，审结案件257件，维护国防利益和军人军属合法权益。及时调整小额诉讼案件受理标的额，审结案件22 456件，简便快捷解决纠纷。坚持调判结合，充分发挥调解的功能作用，案件调撤率达53.95%；成功调查处理了诉讼标的额达16.80亿元的全柴集团股权转让纠纷案等一批涉案金额大、影响范围广、矛盾对立性强的案件。加强诉调对接工作，指导各类调解组织诉前化解矛盾纠纷25 940

件，依法确认调解协议5 997份，促进矛盾纠纷多元解决机制建设。

（三）支持监督依法行政

加大诉权保护力度，依法审结各类行政案件5 811件。妥善审理涉及国有土地上房屋征收与补偿、集体土地征收、社会保障、安全生产、城市管理等方面的行政案件，统筹兼顾支持地方发展与保护行政相对人合法权益。进一步加大行政诉讼协调工作力度，完善化解行政争议联动机制，行政案件协调率达20.39%。首次发布全省法院行政审判白皮书，针对行政案件反映的行政执法问题提出意见、建议，促进法治政府建设。严格落实裁执分离要求，加强非诉行政案件合法性审查，办理案件5 990件。依法审理国家赔偿案件74件，决定赔偿金额583.21万元，确保合法权益受到损害的当事人依法得到赔偿。

（四）积极破解执行难题

2014年各级法院共执结案件100 204件，标的额505.08亿元，同比分别上升7.68%、51.16%。大力推进执行指挥中心建设，全省三级法院统一联网、统一规范、统一管理的执行指挥体系初步形成。省高院和16个中院与相关商业银行及工商、税务等部门建立了“点对点”网络查控被执行人财产专线，查询财产线索188万余次，涉及被执行人93 044人、存款1 133.80亿元、房屋62 366套、土地使用权4 113宗。切实加大对失信被执行人信用惩戒力度，建立信用惩戒“名单”制度，公布失信被执行人名单10 581人，推进诚信安徽建设。与上海、江苏、浙江三地法院签署长三角地区执行联动信息共享合作协议，加强跨省执行协作。积极开展涉民生案件专项集中执行活动，执结2 108件，执行到位标的额1.44亿元。专项清理、集中执结涉金融债权案件319件，执行到位标的额1.30亿元。扎实开展“执行工作先进法院”创建活动，进一步提升执行工作水平。

（五）大力加强监督指导

2014年，充分发挥审判监督职能，审理二审案件31 915件，申诉、申请再审案件3 068件，抗诉案件388件，依法纠正错误裁判，维护正确裁判的既判力。认真开展“四类案件”专项评查活动，共评查案件4 945件，对发现的79件差错案件及时予以纠正。切实做好久押不决案件、长期未结诉讼案件清理工作。规范委托鉴定、评估拍卖工作，提高透明度，增强公正性。坚持监督与指导并重，围绕审判工作中的热点、难点问题加强调研，不断提高指导的针对性、实效性。统筹调研管理，强化成果转化，分别就合同诈骗、医疗损害赔偿、劳动争议案件审理及财产刑执行、财产保全等制定指导意见，统一裁判尺度。发布第二批参考性案例，充分发挥典型案例指导作用。

五、检察工作

（一）保障经济社会稳健发展

2014年，全省共立案侦查各类职务犯罪1 816件2 219人；批准逮捕刑事犯罪嫌疑人21 524人，提起公诉46 303人；提出刑事、民事抗诉388件，纠正减刑、假释、暂予监外执行不当696人。围绕规范市场经济秩序，起诉诈骗、传销、非法集资等严重经济犯罪2 963人，查处商业贿赂、工程建设领域职务犯罪631人。围绕推进美好乡村建设，严厉打击制售伪劣农药、化肥等坑农害农犯罪，集中查办涉农资金管理、基础设施建设和惠农补贴等领域职务犯罪356人。起诉严重暴力犯罪、黑恶势力犯罪、“两抢一盗”等多发性侵财犯罪嫌疑人16 775人。认真落实全省禁毒工作会议部署，上下联动、重拳出击，坚决遏制我省部分地区毒情蔓延势头，批捕各类毒品犯罪嫌疑人2 536人，同比上升31.2%。依法严惩危害民生刑事犯罪，开展破坏环境资源和危害食品药品安全犯罪专项立案监督，建议行政执法机关移送犯罪嫌疑人170人，监督公安机关立案254人，起诉盗伐林木、制售有毒有害食品等犯罪嫌疑人969人，切实保障生态安全和食品药品安全。深入推进查办发生在群众身边、损害群众利益职务犯罪专项行动，查处社会保障、征地拆迁、扶贫开发等民生领域职务犯罪嫌疑人452人。开展查办医疗卫生领域职务犯罪专项行动，查处医疗管理、医药购销等环节职务犯罪123人。

（二）深入推进反腐败斗争

持续加大力度，始终保持反腐高压态势。2014年共立案侦查贪污贿赂犯罪1717人、渎职侵权犯罪502人，同比分别上升9%和3.3%，通过办案为国家挽回经济损失4.2亿元。突出查办大案要案，大案比例达89.9%；查处县处级以上干部要案145人，同比上升16%，其中厅级干部10人、副省级干部1人。深挖执法司法不公背后的腐败犯罪，查处以权谋私、贪赃枉法、失职渎职的行政执法人员582人、司法人员103人，同比分别上升10.6%和21.2%。严厉整治“小官大贪”现象，查处涉案金额百万元以上的基层人员126人。加大惩治行贿犯罪力度，查处行贿犯罪336人，同比上升37%。

（三）全面加强诉讼法律监督

——强化刑事诉讼监督。认真履行刑事立案和侦查活动监督职责，监督侦查机关立案1 489件、撤案2 218件，纠正漏捕2 049人、漏诉3 033人。强化刑事审判监督，提出刑事抗诉220件，抗诉意见采纳率达92.2%。强化刑罚执行和监管活动监督，纠正监管活动中的违法情形2 889件次，集中清理久押不决案件16件27人，对不需要继续羁押的1 551名犯罪嫌疑人建议释放或者变更强制措施。贯彻疑罪从无原则，坚决排除非法证据，守好防止冤假错案底线，全省因证据不足不批捕2 294人、不起诉524人。

——强化民事行政诉讼监督。会同省法院规范民事行政抗诉和再审检察建议办理工作，重点纠正裁判不公、程序违法、虚假诉讼和“执行难”等问题，共提出民事抗诉和再审检察建议422件，抗诉案件再审改变率达56.6%，再审检察建议采纳率达74%。加大对行政执法机关不作为、乱作为问题的监督力度，防止国有资产流失、群众权益受损，共办理支持起诉655件、督促履行职责573件。阜阳、铜陵等地检察机关通过督促履行行政职责，催缴国有土地出让金19.4亿元。

——增强监督质量和效果。针对“有权人”“有钱人”变更刑罚、执行违法问题，开展减刑、假释、暂予监外执行专项检察活动，共核查“三类罪犯”3 924人，建议收监执行30人，查处相关职务犯罪18人。针对行政执法机关有案不移、以罚代刑问题，积极推进行政执法与刑事司法衔接工作，在省政府的重视和支持下，涉及“双打”领域14家单位、覆盖省、市、县三级机关的“两法衔接”信息共享平台已建成，监督行政执法机关移送案件471件。为促进侦查取证规范化，会同公安机关完善重大疑难刑事案件检察提前介入侦查机制。针对职务犯罪同罪不同罚问题，加强量刑建议和一审判决两级检察院同步审查工作，促进了量刑均衡化。

（四）强力推进严格规范执法

制定《安徽省检察机关错案责任追究实施办法》，推动落实办案质量终身负责制和错案责任倒查问责制，如于英生故意杀人案错案责任追究程序已经启动。强化案件质量评查，对各业务部门所办案件定期集中评查，对不诉、撤诉、无罪案件开展专项评查，推动办案质量稳步提升，全省刑事案件捕后不诉数量同比下降59%。针对群众反映强烈的全程录音录像不到位、律师会见难、涉案物品扣押不规范等问题，省检察院先后对16个市级院和32个基层院执行办案纪律和规范执法情况开展专项督察，严肃整改问责，倒逼规范执法。

（五）积极落实检察改革部署

全面开通案件信息公开系统，公开法律文书1 170份，发布案件程序性信息14 602次。全年共受理群众来信来访18 264件，分流后导入15 117件，全部依法办理。深入开展化解涉检信访积案专项活动，对久诉不息的86件信访积案，逐案包办督办，全部妥善化解。探索建立“四审查、三必查、两见面”工作法，防止有诉不理、有错不纠，共立案复查不服检察机关处理决定的刑事申诉626件，改变和纠正原决定165件。2014年，75件拟撤案或不起诉的职务犯罪案件全部启动监督程序，人民监督员提出的监督意见检察机关全部采纳。

六、司法行政工作

（一）全面加强监狱规范管理

安徽省现有监狱20所，分布在8个市，其中省直监狱17所，市属监狱3所，另有监狱工作研究所1个。省监狱管理局机关内设14个正处级部门。2014年，安徽省监狱系统坚持“安全为先、改造为本、依法治理、科学发展”新型监狱工作理念，牢固树立安全稳定首位意识，着力提升公正执法水平和教育改造质量，全省监狱系统实现连续10年无罪犯脱逃得逞。

——强化管理，确保监狱安全稳定。巩固落实直接管理、狱情分析、隐患排查整改、违禁品管控等基本制度，创新推进互监组（标识）建设和新型警务运行模式，完善和深化标准化监区、安全生产标准化建设，推进“数字生卫”建设，实施生活卫生创新项目13个，狱内“网上超市”、标准化食堂、罪犯健康电子档案建设等项目初见成效。加强警民医疗合作，确定安徽医科大学第一附属医院为全省罪犯保外就医复核定点医院。女子监狱顺利迁入新址，2 000余名罪犯安全转移。全省监狱实现连续10年“四无”目标，受到省委、省政府和司法部充分肯定。

——创新手段，提升教育矫治质量。深化“511”模式，深入开展教育质量提升年活动，完善改造质量评估体系，规范出监教育内容，推进入监教育专项考核，2万多名罪犯完成扫盲教育。加强教育改造专业化队伍建设，发挥首席教育改造专家和心理咨询师作用，组建民警讲师团。与24所社会院校联合办学开展职业技能培训，罪犯获证率保持93%以上。大力推进教育设施建设，完成首批矫治中心建设任务，启动标准化电教中心建设。探索就业推介社会化，组织就业推介会18场。加强对顽固、危险犯的教育转化工作，探索“90后、限减犯、暴力犯、老病残犯”等类型罪犯共性问题的解决路径，顽固犯转化率达68%。

——规范执法，提升依法治监能力。贯彻落实“宽严相济”刑事司法政策，修订完善计分考核、行政奖励、保外就医、重点罪犯减刑假释等刑罚执行制度体系。严格落实中央政法委《关于严格规范减刑、假释、暂予监外执行意见》，对近3年来“三类罪犯”减、假、保案卷进行复查，5名副处级以上职务类罪犯保外就医案件办理质量得到司法部巡视组肯定。协调省高院出台减刑假释工作标准，合肥市辖区内10所监狱实现罪犯减刑、假释幅度的统一。充实调整执法监督员，全系统聘请执法监督员257人。

——夯实基础，加快监狱建设步伐。继续推进监狱布局调整项目，完成投资3.1亿元。合肥监管集中区建设不断加快，女子监狱建成并搬迁投入运行，合肥、淝河监狱单体主体工程全部完工，区内道路、水电等基础生活设施逐步完善，其他监狱改扩建工程有序推进。加强在建工程管理，严把工程质量关。加大监狱指挥调度平台、远程帮教探视、手机屏蔽、3G无线车辆、单兵定位等信息化项目开发应用，电子台账、数字生卫、警务通集成系统、减刑假释网上办理等项目取得突破，为构建新型警务运行模式提供坚实基础。

——安全态势持续稳定。坚持探索监管规律，把握安全重点，创新管理方式，狠抓内部管理，提升防控能力。深入开展“平安高墙”安全竞赛活动，构建维护安全稳定的合力机制。强化安全态势动态管控，先后13次异地用警，连续开展安全突查，形成倒逼机制，强力肃清违禁品。

——依法治监不断深化。严格规范减刑、假释、暂予监外执行程序，全面开展专项整治活动，对全省监狱三类罪犯案卷进行全面复查。落实执法办案质量终身负责制。严格病危罪犯保外就医审理程序，加强狱内法庭建设。协调省高院统一全省罪犯减刑假释标准，20所监狱全部实现计分考核网上录入审批。深化狱务公开，聘请执法监督员257人，在政务公开网公开罪犯暂予监外执行情况。继续深化依法治理，6所监狱获得法治示范单位称号，法治宣传教育、执法制度建设不断加强。

——改造特色更加突出。巩固深化教育质量年活动成果，对教育改造质量年活动情况进行全面考核，6个单位、18名个人受到司法部表彰，7名民警当选全国监狱心理矫治能手和标兵。严格落实“511”模式，启动9家标准化电教中心和新岸在线系统建设，20所监狱全部完成讲师团组建，出入监教育和课堂化教学体系逐步完善。加强罪犯职业技能培训，组织就业推进会12场，签订就业意向书2 600余份。举办安徽监狱罪犯教育改造成果展，深化监狱开放日活动，黄丝带行动、双向联系等帮教平台不断拓展，社会化帮教格局进一步优化。

（二）不断提高戒毒工作水平

与21家社会医疗机构建立医疗合作关系，开通戒毒人员就医绿色通道。加强戒毒医疗软硬件建设，7个戒毒场所依法取得戒毒医疗服务资质。组织戒毒人员入所、常规、出所体检3 956人次，进行医疗门诊、巡诊1.6万人次。全员开展艾滋病病毒检测，对累计收治的208名艾滋病感染者和病人集中专管，未发生涉及安全、救治、传染等事故。建立以法律道德教育考试合格率、禁毒戒毒教育考试合格率、职业技能培训考试获证率等为主要内容的教育考评体系。扎实推进戒毒课堂化教学，印制戒毒教材9 100本，举行法律常识及国学经典统一考试。着眼戒毒人员回归就业和生活，开展面点、水电、育苗等职业技能培训，共培训戒毒人员1 500人次。配合公安机关开展禁毒严打专项行动，加大收戒力度，做到应收尽收、应戒尽戒、满员收戒，全年新收和年底在册人数同比分别上升49%和31.4%。

（三）扎实推进社区矫正工作

——截至2014年10月底，全省在册社区服刑人员39 895人，全年接收社区服刑人员22 330人，同比增长7.5%。撤销缓刑113人，撤销假释10人，收监执行25人，警告1 257人，治安处罚55人。全省社区矫正中心建成并投入使用99个。市、县（市、区）社区矫正机构工作人员分别为45人、330人，全省专职社会工作者人数2 316名，社会志愿者3.1万人。

——加强市、县（市、区）社区矫正机构建设，指导市、县（市区）将社区矫正机构调整为社区矫正执法支队、大队，推进社区矫正队建制建设。16个市、103个县（市、区）单独设立社区矫正机构，分别占总数的100%、95.4%；3个市社区矫正机构高配副处级，5个市设立支队，27个县区设立大队、局。全面推进社区矫正场所建设，全省108个县（市、区）建成社区矫正中心，15 644个社区（村居）建立社区矫正工作站，19个县（市、区）被评为全省首批社区矫正示范单位。加强社区矫正队伍建设，选派108名监狱戒毒民警到县（市、区）社区矫正机构挂职，通过利用高校毕业生服务基层岗位政策，全省共招聘专职社会工作者2 316名，社会志愿者4.3万人，打造一支专辅结合的基层社区矫正工作者队伍。全省近4万名社区服刑人员再犯罪率0.11%，低于全国0.2%平均水平，未发生影响社会稳定的重大案件和重大问题；联合民盟开展“黄丝带社区矫正帮教行动”，全省分别建立就业、教育、社区服务基地531个、722个、1 706个，组织集中教育32.6万人次，社区服务31.4万人次，开展心理健康教育咨询2.1万人次、技能培训9 820人次。加强社会适应性帮扶，将符合最低生活保障条件的社区服刑人员纳入城市最低生活保障范围，落实低保700人次，为有需求的社区服刑人员提供就业就学指导1.1万人次。

（四）稳步提升法律援助质量

——积极推进政府责任。推动、配合省人大常委会开展

《安徽省法律援助条例》执法情况检查活动，做好《安徽省法律援助条例》修订的调研、论证、起草等前期工作。进一步扩大法律援助覆盖面，14个市以市委市政府名义出台关于扩大范围、降低门槛的文件，将军人军属、计划生育特困家庭等列入法律援助对象，将环境污染侵权纠纷、农民土地纠纷、征地拆迁补偿、社会保障等与民生权益保障紧密相关的事项纳入法律援助事项。绝大部分市将法律援助经济困难标准调整至最低生活保障标准的2倍。进一步加大经费保障力度，全省法律援助经费投入总计5 928.38万元，其中业务经费支出达71.5%。

——法律援助办案数量稳步提升。法律援助办案数量持续增长，全年共办理法律援助案件6.6万件，同比增长10.2%，案件量列全国第八，每万人获得法律援助案件量9.61件，中部领先。进一步优化案件结构，社会律师办理法律援助案件3.26万件，刑事法律援助案件1.13万件，诉讼类案件3.12万件，分别增长44%、43.1%和21.7%。

——完善便民服务措施。加强便民服务网络建设，全省121个法律援助便民服务窗口实现了临街一层的要求，占总数97%，处于全国前列。全省90%的便民服务窗口在使用面积、功能设施设备、人员配备等方面达到建设标准。开展示范法律援助工作站、联系点建设，全年乡镇法律援助工作站办结法律援助案件量占总数30%。全省16个市全部开通“12348”法律援助咨询热线并投入使用，接待来电咨询约3.9万人次。完善法律援助办案信息网上录入、办案流程网上管理、办案活动网上监督、办案质量网上评估等体系，全省法律援助综合管理信息系统咨询录入率、案件录入率均达100%。

（五）深入做好人民调解工作

——着力做好行业性和专业性人民调解工作。积极推动在特定行业和专业领域设立人民调解组织，全省建立医患纠纷、道路交通、劳动争议等各类行业性专业性人民调解组织1 074个，实现县（市、区）医疗纠纷人民调解组织全覆盖，提前超额完成省政府确定的年内90%以上县（市、区）建成医疗纠纷人民调解委员会的目标任务。建立人民调解专家库698个，全年共调解各类矛盾纠纷60.6万件，调解成功率98%，其中调解行业性专业性矛盾纠纷9.6万件。

——推进人民调解工作机制创新。加强人民调解与行政调解衔接配合，联合省综治办、省公安厅、省财政厅制定下发《关于建立"警民联调"工作机制的意见》，指导各地建立健全公安民警与人民调解员联合调处矛盾纠纷的工作机制，推进公安行政调解和人民调解的有效对接和良性互动，全省半数以上派出所已设立"警民联调"室。进一步推进人民调解和司法调解衔接配合，全面落实与省高院联合出台的进一步加强人民调解工作意见，推动在基层法院诉讼服务中心、信访等部门设立人民调解工作室或人民调解窗口。

（六）全面拓展公共法律服务

——全面启动公共法律服务体系建设。把大力推进公共法律服务体系建设作为全年重点工作，及时出台推进公共法律服务体系建设实施意见，召开省、市、县和司法所四级参加的视频动员会议。全省已建立市级法律服务中心8个、县级公共法律服务中心82个、乡镇（街道）司法行政服务站1 501个，村（社区）司法行政工作室15 971个。

——充分发挥律师职能作用。安徽省司法厅出台《关于进一步推动全省律师服务全面深化改革促进经济社会发展的指导意见》。组织律师积极为企业开展“法律体检”活动，成立职工维权等4个法律服务团。全省律师办案14.3万件，同比增长17.7%，其中律师证券业务量和参与接待涉法信访案件数位居全国前列。首次发布《安徽律师社会责任报告》，遴选5名律师担任省委、省人大、省政府法律顾问，推进普遍建立法律顾问制度，实现全省司法行政系统法律顾问全覆盖。

——推动公证工作改革发展。深化公证体制机制改革，召开全省公证工作会议，制定下发《关于进一步加强公证工作的意见》。健全公证质量监管体系，编印《公证行业警示教育典型案例汇编》，开展公证质量巡查检查，全省83家公证处335名公证员的3 350份公证卷宗平均得分91.99分，没有不合格的，得分和优秀率都有较大幅度增长，公证质量和公信力进一步提高。加强队伍建设，新增公证员28人，全省公证员人数10年来首次超过400人，新增实习人员38人，新增公证员助理31人。全省公证机构办理公证事项31.7万件。

——大力加强司法鉴定规范化建设。加大违规违纪行为处罚力度，3家鉴定机构和2名鉴定人因违规违纪被给予行政处罚。加强司法鉴定能力建设，组织76家机构报名参加14类业务范围208项能力验证，积极推进认证认可工作。加强司法鉴定质量建设，扎实开展档案达标升级和案卷评查工作，随机抽取40家机构172份涉及重新鉴定卷宗进行专项评查，对10家存在问题较严重的鉴定机构实行约谈并责令整改，全年投诉量同比下降35%。全省司法鉴定机构办理鉴定业务7.04万件，同比增加22%。

七、知识产权保护工作

加强对知识产权的保护，不仅是推动法治建设的需要，也是激励创新、优化经济发展环境的需要。安徽省作为科技大省，要鼓励创新、加快发展，积极开展知识产权的保护工作至关重要。2014年，安徽省对知识产权的保护力度不断加大，成果显效。

（一）商标权保护工作

在安徽省政府和工商总局的部署下，2014年，省工商局克服了工商、质监、食药监三合一过程中体制不顺，执法队伍整合任务重的困难，通过强化商标权保护意识、明确商标权保护重点、加大监管力度、建立完善监管机制、提高监管效能、加强培训组织、积极进行普法等措施，有效地保护了商标权人的利益，促进了安徽省经济、社会的健康、快速发展。

——执法力度加大，严厉打击商标知识产权违法行为。2014年，省工商局继续深入推进打击侵犯知识产权和制售假冒伪劣商品工作，截至12月11日，全省共立案查处侵犯商标知识产权和制售假冒伪劣商品的案件7 955件，案值4 494万元，罚没4 405万元，窝点21个，公开案件信息1 758件，有效地打击了商标知识产权领域的违法行为。

——制订工作方案，集中开展了“净化市场环境保障安全消费”专项行动。制定了全省系统2014年打击商标侵权和制售假冒伪劣商品专项整治行动方案，明确整治目标、重点、措施和要求。在2014年春节和全省“两会”期间，组织全省系统集中力量、集中时间，开展“净化市场环境保障安全消费”专项行动，掀起了一股强劲的打击侵犯知识产权和制售假冒伪劣商品的“双打”风，行动期间共检查经营主体42 000余户次，立案439件，案值88余万元，罚款107余万元，净化了市场环境。

——加大竞争执法力度，依法查处仿冒知名商品特有名称、包装、装潢等不正当竞争行为。全省工商机关以解决突出问题为导向，加大竞争执法力度，依法查处仿冒知名商品特有名称、包装、装潢等各类不正当竞争行为。通过集中整治，着力解决当前经济生活中人民群众关心、社会关注的热点问题，有效地维护全省公平竞争的市场秩序。专项行动期间，全省共查处重点领域案件230件，案值76.71万元，罚没金额217.16万元。

——开展了红盾网剑专项行动，整治网络交易市场。为进一步规范网络商品交易市场，全省工商系统自2014年7月起集中力量开展“红盾网剑”专项行动。行动紧扣关系人民群众切身利益的焦点和消费热点，以网络交易平台、大型购物网站和团购网站为重点整治目标，以电子产品、儿童用品、汽车配件、服装、化妆品和农资等为重点监管领域，严厉打击利用互联网非法经营的各类违法违规行为。各地工商执法人员在专项行动中，通过网络技术手段和专项检查相结合的方式，对经营资格、经营商品、经营行为等开展全面检查，做到网上发现、追溯源头、落地查处。对违法情节严重的，协调通信管理部门关闭违法网站并将其列入黑名单；对涉嫌犯罪的案件或线索，及时通报、移送公安机关。

——开展农资打假专项行动，严厉打击坑农害农行为。2014年，全省工商部门在农资打假专项执法行动中，共查处案件937件，案值789万元，罚没金额398万元，检查农资经营者31 129户次，检查市场2 063个次，取缔无证经营51户，查处超范围经营110户，受理投诉172件，为农民挽回经济损失76万元，有力打击了坑农害农行为，保障了农资消费的安全。

——推动落实“双打”行政处罚案件信息公开工作。2014年8月8日，省工商局召开了全省工商系统推进“双打”案件信息公开工作视频会，就“双打”行政处罚案件信息公开工作作出全面部署。会后，对各地案件信息公开工作进度进行通报，力促此项工作全面落实。截至2014年12月11日，全省系统共在各级政府网站公开案件1 758件，其中侵权案件625件，假冒伪劣1 130件，仿冒知名商品特有的名称、包装、装潢案件3件。

——开展新《商标法》及《商标法实施条例》培训，普及商标法律知识，提高基层执法水平。全省工商系统认真开展新商标法培训，营造良好的法律实施环境。组织新商标法、新商标法实施条例业务培训班，培训市、县工商管理人员450余人次，并通过省商标协会培训企业商标管理人员

400余人。各市县局也相继举行各种形式的培训活动，全省已累计培训系统内工作人员1万余人次，培训企业相关人员6 200余人次。

——开展调研和督查，提高双打工作的针对性和实效性。省工商局会同省检察院、省知识产权局从6月16日至18日，对阜阳市开展农村和城乡结合部打击侵权假冒工作进行调研。调研组通过深入颍东区、阜南县、颍上县部分超市和农资市场实地查看，听取工作情况汇报，召开企业、商场、农资市场负责人座谈会，征求对“双打”工作的意见和建议，掌握第一手资料，为进一步加强农村市场和城乡结合部监管工作奠定基础。11月份，省工商局会同省环保厅、省林业厅、省管局等对淮北、宿州市的“双打”工作进行督查，推动各项工作落实。

（二）专利权保护工作

2014年，安徽省知识产权局通过积极探索专利权保护的工作机制，建章立制，加强相关执法培训，规范行政执法，结合专利侵权发展的新形势，多次开展电子商务领域专利执法维权专项行动，多次组织专利保护普法宣传教育活动，有效防范专利违法，保护专利权人的利益，推动安徽省专利知识产权的创新发展。据统计，安徽省2014年全年的发明专利申请高达49 960件，在全国排第6位，中部排第1位。

——建章立制，不断推动专利执法和专利产业化的规范化。2014年，安徽省知识产权局专门编制《专利行政执法工作手册》，让执法人员在执法细节与内容上更加有规可循、有章可依，进一步规范全省专利执法。为加强华东地区各省之间在专利行政执法过程中的相互协作，安徽省知识产权局又与江苏、福建、江西、山东等4省知识产权局联合制定了《华东地区专利侵权判定咨询工作暂行规定》，并设立了华东地区专利行政执法协作调度信息平台。2014年，安徽省知识产权局还制定了《安徽省核心专利产业化计划项目评选管理办法》，推动核心专利的产业化项目，在更深层次上推动安徽专利知识产权保护的规范化。

——加大专利行政执法力度，有力打击专利违法行为。2014年，安徽省各级知识产权局共组织出动专利行政执法人员920余人次，检查商业场所310余次，检查商品3.8万余件，与其他部门协作执法3次，省内各知识产权局之间协作执法6次，全年共立案调处专利案件361件，其中专利侵权纠纷案件136件，假冒专利案件223件，其他纠纷案件2件，有力打击了专利违法行为。

——加强行政执法培训，提高行政执法水平。2014年，安徽省知识产权局系统非常重视组织专利行政执法人员的培训工作，不断提高专利行政执法水平。省知识产权局举办了多期专利行政执法能力提升培训班，不但邀请了专家学者来讲课，还邀请了外省的同行来介绍经验，交流专利执法心得。一些地方的知识产权局也结合本地实际情况，组织有特色的专利执法培训班。如滁州市知识产权局举办了专利行政执法网络成员培训班，对大型商场、超市、药店和批发市场的专利管理人员进行培训，为专利行政执法网络建设和执法工作实效的取得起到积极的推动作用。

——积极开展专利普法宣传，提高企业和民众专利保护意识。2014年，从安徽省知识产权局到各个市县的知识产权局都积极开展各种形式的专利普法宣传活动，许多地市的知识产权局都在一些重要的法制宣传日，开展送法进企业、送法进社区活动，并通过布设展板、现场答疑和散发宣传资料等方式，积极向群众宣传知识产权知识。如天长市知识产权局在2014年的“12·4”法制宣传日，散发《专利法》《科技进步法》等宣传资料800多份，接受群众咨询近百人次，丰富了企业和民众的专利法知识，提高了企业和民众的专利保护意识。

——重视专利人才，不断加大对专利代理人培养的投入。安徽省知识产权局一直高度重视专利人才培养，多年来不断加大对专利代理人培养的各种投入，如举办专利代理人考前长期培训班和冲刺班，2014年，安徽省共有81人达到国家合格分数线，其中有35人是省局举办的培训班学员，达到中西部倾斜政策分数线的有53人，其中有21人是省局举办的培训班学员。这些通过资格考试的人员大部分都将会充实到各专利代理机构专职从事专利代理工作，加强了安徽省专利代理机构的人才队伍建设，对全省专利事业的发展起到重要的支撑作用。

（三）版权保护工作

2014年，安徽省不断加大版权保护工作力度，在注重使用传统保护手段的同时，不断将新的高科技手段引入到版权保护工作中来，取得了良好的效果。与此同时，安徽省还不断加大版权保护的宣传教育力度，提高人们的版权自我保护意识，让版权保护工作进入了一个新的历史时期，推动安徽的经济社会发展。

——充分利用高科技打造数字版权保护平台，提升执法效能。省版权局利用高科技积极打造安徽省数字版权保护平台，该平台利用大数据技术，可以有效地对影视、音乐、图片、文字、游戏、软件等数字作品进行全网范围内的不间断检测，对盗版链接及其来源进行快速准确定位、锁定，并对其动态证据进行固化，突破了传统人工监管和取证的多种局限。2014年7月9日，安徽省数字版权保护平台正式上线运行。在“剑网2014”专项行动中，安徽省版权局利用该数字版权保护平台，成功查获“DY161电影网”和“999宝藏网”两起涉嫌侵犯著作权案，有效地打击了网络侵权活动。

——多部门协调作战，有效提高办案效率。安徽省各级版权管理部门十分重视与互联网内容管理、通讯、公安等部门的密切协作，进行多部门协同作战，以发挥各自优势，提高办案效率。省版权局还会同省“打黄打非”办公室、省公安厅、省高级人民检察院、省高级人民法院等多家单位，进行分工协作和密切配合，有效打击了各种版权违法行为。

——企业版权登记意识提高，版权登记量再创新高。版权登记是防范市场仿冒侵权的有效手段。安徽省各级版权局、安徽省版权交易中心通过各种方式宣传版权保护知识，提高企业版权保护意识，普及版权登记知识，让安徽省的版权登记在2014年取得了突破，版权登记数量、质量全面提高，全年登记数量首次突破千个。

（四）知识产权的司法保护工作[①]

安徽省除了加大知识产权行政管理部门对知识产权的保护力度外，也不断加大司法部门对知识产权的保护力度，各级法院主动适应知识产权案件发展的新形势，不断提升法官的业务能力，使案件质量平稳上升，形成了一批精品案件，有效地保护了知识产权所有人的权利，推进了安徽的经济发展和法治化进程。

——知识产权民事案件总量趋于稳定。2014年，全省法院共新收民事知识产权一审案件1 421件，较上年下降4.4%；审结1 355件（含旧存），较上年下降9.2%。其中，新收著作权案件245件，下降30.99%；商标案件866件，上升1.41%；专利案件216件，增长23.43%；技术合同案件25件，下降48.98%；植物新品种案件15件，下降21.05%；其他知识产权案件54件，增长54.29%。新收知识产权民事二审案件94件，较上年下降31.88%；新收知识产权民事再审案件6件，较上年增长4件。

——知识产权民事案件质量平稳上升，形成了一批精品案件。全年案件上诉率较去年下降31.88%，省高院审理的1起案件入选年度“中国知识产权司法保护十大案件”，蚌埠市禹会区法院审理的1起案件入选年度“中国知识产权司法

① 这部分内容主要参考了安徽省高级人民法院的《安徽法院知识产权司法保护状况(2014年)》白皮书。

保护50件典型案件”，多个案例被《人民司法》《人民法院报》采用。

——知识产权民事案件中的技术类案件上升，专利案件受案数量延续高增长势头。在2013年上升63.55%的基础上，2014年又增长了23.43%，反映高技术领域对司法保护的需求日益旺盛。

——知识产权民事案件所涉法律问题日渐增多，所涉事实问题愈加前沿复杂。微信、电子商务等新兴网络服务平台成为群体侵权纠纷的新领域，在今年安徽省传统的酒类商标侵权案件中，体现这一趋势的类型案件增幅显著；日新月异的科技发展带来技术事实查明、主体确定的新问题，如磊若软件诉合肥城市卡通股份有限公司等侵害计算机软件著作权纠纷案，其主要侵权证据系通过使用“Telnet”命令远程登录用户主机取得软件运行反馈代码方式获取，考验法院证据审查认定能力；法律法规天然的相对滞后性赋予法院明晰行为标准、权利界限的新任务，如张建芳诉百度网讯科技有限公司、谷歌信息技术（中国）有限公司、广州网易计算机系统有限公司等侵害网络域名案，路易威登马利蒂诉董党伟、安徽白马商业经营管理有限公司、合肥盛装物业管理有限公司侵害商标权案，均涉及在法律规则模糊领域内的行为定性、权利设限问题。

——知识产权民事案件地区分布不均衡的情况依然存在。合肥等案件基数较大的法院，案件增长态势放缓，但其受理的案件中79%为涉及专利、计算机软件、植物新品种等技术类案件，科技含量较高；以往案件基数较小的法院案件增长明显，但案件构成以当前处于产业价值链低端的各类规模性、群体性商业维权等案件为主。地区差异性决定了安徽省知识产权审判工作的开展应当继续坚持因地制宜、分类推进的原则。

——对知识产权的刑事司法保护力度加大。2014年，全省法院共新收刑事知识产权一审案件186件，审结192件（含旧存），生效判决人数373人。合肥高新区法院审理的陈某在自营网站上传侵权影片获取非法利益的侵犯著作权案系国家版权局挂牌通报案件，蚌埠市禹会区法院审理的尤艳、宋兵峰、马化涛侵犯著作权罪一案，入选年度“中国知识产权司法保护50件典型案件”，上述案件均为“三合一”模式下审理的知识产权刑事案件。刑事审判制裁和预防侵犯知识产权犯罪的职能作用进一步发挥。

——依法审查监督行政执法行为加强。通过强化对知识产权行政执法行为的司法监督，切实保障行政相对人合法权益，严格规范知识产权行政执法行为。2014年，全省法院共新收行政知识产权一审案件5件，审结5件，其中受理技术监督案件3件，专利权案件2件；新收行政知识产权二审案件1件。

八、省法学会的法治推动工作

2014年，安徽省法学会在省委政法委的直接领导和中国法学会的指导下，认真贯彻党的十八大和十八届三中、四中全会精神，紧紧围绕安徽省委、省政府的中心工作，团结带领全省广大法学工作者繁荣安徽省法学研究，积极推动安徽省的法治建设工作。

（一）法学研究工作

——创新开展专项课题研究。2014年，安徽省法学会首次设立重点课题，向全省法学和法律工作者公开招标。课题围绕全面深化改革重大部署，坚持理论创新和实践创新，内容涉及经济社会发展中的众多重大现实问题。经评审，《农村土地流转》《司法权力运行机制研究》《我省食品药品监管体制改革》《健全人大监督“一府两院”机制》等7项重点课题获准立项。另外，省法学会还通过招标立项确定《打击传销法律问题研究》《司法活动的监督及其规范化研究》《安徽省司法机关接受社会监督路径与机制研究》《农村集体土地流转的若干法律问题》《农村土地承包经营权流转法律问题研究》等5项一般课题。

——编发《法治建设决策参考》，推动成果转化应用。为及时推动优秀法学研究成果为高层次决策服务，充分发挥参谋助手作用，省法学会重点围绕领导关心、学界和社会关注的热点难点问题先后编发了5期《法治建设决策参考》，呈送安徽省政法委主要领导参阅。内容包括：涉结涉法涉诉信访、警惕大调解对法治理念与原则的侵蚀、国外法官遴选制度、国外错案责任追究制度、农村宅基地使用权流转改革等。

——组织开展学会工作和热点法律问题调研。2014年6月、12月，省法学会组织调研组，先后赴淮北、亳州、淮南、芜湖、蒙城、涡阳、南陵、繁昌等市县进行调研，认真听取当地法学会工作情况汇报，并就如何通过组织协调、制度规范、检查考核等措施推动法学会工作，展开了座谈交流。另外，为加强土地承包经营权流转等热点法律问题研究，省法学会牵头成立的"土地承包经营权流转问题"课题组先后赴肥西、六安、寿县、凤阳、宿州等市县开展专题调研，在充分了解安徽省土地流转现状的基础上，形成了《我省农地流转：特点、问题与制度建议》，为安徽省农村土地承包经营权流转提供有益参考。

——为法治安徽建设和司法体制改革献策献力。2014年6月，省法学会派员参与安徽省司法体制改革试点方案的起草工作。7月，举办座谈会，与会专家学者围绕"司法体制改革的边界"专题，从理论和实务的角度进行了探讨和交流。12月，又组织11名省法学会学术委员会、研究会有关成员参加"司法体制改革试点方案征求意见建议座谈会"，对安徽省司法体制改革试点方案（讨论稿）进行论证。此外，安徽省法学会组织专家学者参加了中央依法治国调研组安徽座谈会以及省高院的案件评查活动。

——不断加强学术载体建设。省法学会进一步加强《安徽法学》杂志的专题策划，开设“学习贯彻党的十八届四中全会精神”“司法改革大家谈”等专栏，引领广大法学法律工作者聚焦理论前沿和改革热点，组织发布了一批观点新、质量好的文章，充分发挥理论阵地作用。升级省法学会网站，拓展和丰富网站的内容和形式，使得网站的学术性、思想性和宣传服务功能得到进一步提升，在中国法学会举办的“法学系统优秀网站”评选中脱颖而出，荣获地方法学会“十佳”优秀网站称号。此外，安徽省法学会还公开出版了论文集《新型城镇化建设的法治保障》，汇编了第十届长三角法学论坛上推出的一些优秀研究成果。

（二）法学交流工作

——牵头组织召开“深化改革与法治中国建设”研讨会。2014年9月，安徽省法学会第六次牵头组织省法官协会、省检察官协会、省警察协会、省律师协会、省监狱工会协会在合肥举行大型学术研讨会。会议共收到论文450余篇，评选120篇优秀论文参会。会议紧紧围绕“深化改革与法治中国建设”的主题，就“法治中国与司法改革”“法治中国与公平正义”“法治中国与执法司法公信力”等专题进行广泛深入的交流与探讨，提出一些新观点、新建议。通过这些不同学术思想和观点的交锋与碰撞，安徽省法律工作者的基本价值观得到统一，推动了安徽省“法律职业共同体”的形成。

——积极开展对外学术交流活动。为加快安徽省法学学术研究的发展，省法学会在2014年积极开展安徽省的对外学术交流活动。一是组织省法学会会员参加中国法学会的学术交流和学术成果评审活动。二是联合协会举办区域法治论坛。2014年9月，由中国法学会主办，江苏、浙江、安徽三省法学会协办，上海市法学会承办的第十一届长三角法学论坛在上海举行，论坛以“中国自贸区建设的法治保障研究”为主题，安徽省有6篇论文分获二、三等奖。11月，协办第七届“中部崛起法治论坛”，安徽省有24篇论文分获二、三等奖和优秀奖。三是联合主办地方法学会工作论坛。10月，由华东六省一市暨湖南省法学会主办的2014年地方法学会论坛，安徽省组织合肥、淮南、滁州、六安、安庆等市法学会向论坛提交了书面经验交流材料，省法学会和淮南市法学会在会上作了交流发言。四是组织人员随中国法学会代表团赴台湾地区考察，重点了解台湾地区多元参与社会管理的运行机制和做法，尤其是基层社会组织在社会管理方面发挥的作用；派人员赴法国培训，学习了西方国家司法权配置的相关法律制度，进一步拓宽研究视野。

（三）法律服务和法律宣传工作

——开展“百名法学家百场报告会”活动。按照2014年全国“双百”活动实施方案要求，结合安徽经济社会发展和法治建设实际，安徽省重点在合肥、宿州、淮南、滁州、六安、安庆、黄山等七市组织开展“百名法学家百场报告会”安徽专场活动，直接听众3 000余人。2014年，安徽“双百”活动以专题报告会为主，主要面向各市委理论学习中心组，并结合座谈讨论、问答交流、研讨互动等形式，有的与地方大讲堂及党政干部学习平台相对接，有力促进基层党政领导干部运用法治思维、法治方式处理问题能力的提升。

——开展“爱祖国、学法律、创和谐”青年普法志愿者法治文化基层行活动。根据中国法学会的统一部署，省法学会积极联系、指导六安、淮南、铜陵三市组织开展2014年“法治文化基层行”活动，主要采取法治讲座、模拟法庭、法律服务、普法宣传等形式。六安市注重发挥法学会会员和青年志愿者的作用；淮南市制作的“豆娃说法”之“淮南子与法治精神”动漫作品，彰显了地方特色，被作为经验进行交流；铜陵成立法律服务团，巡回开展法律服务基层行活动，受到群众好评。

——联合主办第二届“安徽省高校未来律师辩论赛”。2014年6月，省法学会联合省教育厅、省律师协会共同主办第二届“安徽省高校未来律师辩论赛”。此项活动由安徽大学、安徽师范大学等18所高等学校参加，参赛选手均为法学专业全日制在校本科生。辩论赛不仅培养了学生的逻辑思辨能力、语言表达能力、团队合作意识，而且促进了安徽省高校法学专业的教育教学改革，对培养具有创新精神和实践能力的卓越法律人才具有积极促进作用。

——开展法律服务基层工作。2014年，省法学会积极推动各市法学会开展法律咨询、法律服务、法律援助、法律培训，参与社会矛盾化解，为群众答疑解惑、排忧解难等服务基层活动。合肥市在深入调研基层上，制定了合肥市法学会开展“为基层提供法律服务”活动实施方案，进一步推进市、县、区法学会发挥职能，有效回应群众法律需求，服务民生保障，维护社会稳定。

（四）安徽省法学会的建设

——进一步推进市县法学会组织建设。2014年，安徽省各市级法学会坚持立足当地、研究当地、服务当地，积极开展法学研讨活动，认真完成了安徽省法学会交办的各项工作任务。这一年，在安徽省的社团清理整顿工作中，市级法学会获准由政法委书记兼任法学会会长，并可再配一名处级干部兼任法学会领导职务，突出体现了法学会非“一般社团”的政治属性、法律属性。省法学会继续将开展综治工作作为法学会专项考核考评，加强对各市法学会工作的指导力度，并通过实地调研等方式多方听取意见和建议，督促任期届满的市法学会及时换届，引领市级法学会发挥作用。此外，通过组织各市及有关县学习讨论中国法学会《关于加强市县法学会建设的指导意见（讨论稿）》，进一步明确了市县法学会的工作任务。

——进一步发挥研究会主阵地作用。2014年3月，安徽省法学会环境资源法学研究会承办以“生态安徽与水环境安全法治建设”为主题的论坛，来自省内外的110名多位专家学者围绕论坛主题，聚焦水环境保护的实践难题和理论热点展开了广泛深入的研讨。8月，省法学会经济法学研究会举办“安徽省第二届经济法学学术暨教学研讨会”，来自省内外高校50多位专家学者围绕市场配置资源与经济法律问题研究、国家治理现代化与经济法律问题研究、经济法学教学改革相关问题研究等主题进行深入交流和探讨。12月，省法学会宪法学研究会与安徽法制报联合举办“依宪治国与法治安徽”主题座谈会，与会专家学者就依宪治国的伟大意义、如何推进依宪治国、如何让宪法在百姓生活中“激活”等方面提出见解和建议。此外，劳动法学、法学教育等研究会在各自研究领域内也开展了活动。

——进一步加强省法学会机关作为建设。根据安徽省委政法委的统一部署，省法学会机关组织开展了党的群众路线教育实践活动，切实改进工作作风，密切联系法学、法律工作者，为做好法学会各项工作奠定了坚实基础。

第二篇　法治安徽调研报告

一、安徽省滁州市琅琊区居民法治意识调研报告①

依法治国，是建设社会主义政治文明、发展社会主义民主政治的重要内容，其本质是保证人民当家作主。为了解居民对依法治国和法治安徽建设的态度，我们进行了一次问卷调查和采访，对获取的数据进行统计和分析。

一、问卷调查的基本情况

调查时间：2015年7月11日至15日。

调查地点：安徽省滁州市琅琊区。

调查方式：调查人员亲自走访，由调查人员亲自填写，或由被调查者当场填写问卷。为消除被调查者的顾虑，了解他们的真实看法，本次调查一律采用不记名方式进行。

调查要求：调查必须实事求是，不得弄虚作假；调查必须客观中立，不能先入为主；至少调查60人，尽可能扩大调查面。

调查问卷：本次调查共发放问卷80份，收回有效问卷70份。

① 由安徽师范大学“法治安徽建设”普法调研（滁州）团队完成；成员：王杰，王静双，许桐，张寒梅，郁正清，刘倩倩。

调查结果统计

题目	选项	选择人数	百分比
1. 您介于哪一个年龄段	15—30岁	19	27%
	31—45岁	34	49%
	46—50岁	14	20%
	51岁以上	3	4%
2. 您参加过法治宣传教育吗	没有	48	69%
	有	22	31%
3. 您认为法律离我们远吗	不远,就在身边	10	14%
	自己没怎么涉及,没什么感觉,不清楚	48	69%
	很遥远	12	17%
4. 您认为违法就是犯罪吗	是	18	26%
	不是	52	74%
5. 当您发现商家暗地里使用对人体有害的材料或添加剂制作食物出售怎么办	多加留心,以后不再购买	52	74%
	依法向政府机关举报或通过媒体曝光	18	26%
	找商家讨要封口费	0	0%
6. 当您发现旁人正在进行违规行为时,您会怎么做	多一事不如少一事,不管这件事	14	20%
	及时制止并劝导	38	54%
	通知相关机关、部门介入	18	26%

续表

题　目	选　项	选择人数	百分比
7. 您认为法律能维护您的切身利益吗	能，我对法律有信心	26	37%
	不能，法律越来越成为有钱人和有权人的代表	8	11%
	现在不能，但随着社会的发展，法律会逐渐完善	21	30%
	在多数时候能维护我们的利益，但还应该不断完善	15	21%
8. 当您的合法权益受到侵害时，您的解决方法是	去法院上诉	12	17%
	找警察或政府解决	28	40%
	若是小事则忍耐	13	19%
	私下与对方解决	8	11%
	视情况大小决定是否使用法律	9	13%
9. 您对政府在相关事情的处理上持什么态度	不抱希望，认为政府腐败	8	11%
	坚决拥护政府的决定	23	33%
	理性思考，多角度观察事情	39	56%
10. 您了解法律知识的途径是什么	电视报纸等媒体	52	74%
	普法宣传	3	4%
	学校学习	7	10%
	通过社团的途径学习	0	0%
	其他途径	8	11%
11. 您是否会通过一些渠道了解国家的立法活动或法律报告	会，经常	18	26%
	偶尔	39	56%
	不会，没那精力	13	18%
12. 您认为目前我国法治现状如何	已经是法治社会	26	37%
	各方面都差得很远	5	7%
	整体上人治大于法治	8	11%
	有局限性，但总体来说还算可以	31	44%

续表

题　目	选　项	选择人数	百分比
13. 您觉得有必要提高法律意识和法律观念吗	有必要	43	61%
	没有必要	4	6%
	需要用得到才有必要了解	23	33%
14. 您认为宣传法律最主要、最有效的途径是	学校宣传	13	19%
	家庭教育	6	9%
	社会宣传(电视等)	43	61%
	其他方式	8	11%
15. 您收看过下列哪些法治节目(多选)	经济与法	53	76%
	焦点访谈	49	70%
	今日说法	56	80%
	法律讲堂	34	49%
16. 您认为下列法律中,与您利益关系最密切的是(多选)	《宪法》	15	21%
	《婚姻法》	58	83%
	《治安管理处罚法》	39	56%
	《刑法》	26	37%
	《物权法》	29	41%
	《担保法》	27	39%
	《著作权法》	21	30%
	《商标法》	19	27%
	《消费者权益保护法》	68	97%
	生活中与法律接触很少,用不到实际的法律	0	0%

二、结果与讨论

（1）多数居民的法治意识较低。通过问卷调查得知，多数居民很少或者几乎没有参与过相关的法治教育或者法治宣传活动，对日常生活中的法律了解很少。居民获取法律知识的途径多为媒体宣传及社会宣传，获取法律知识过于被动，不从事法律相关职业的居民几乎不会主动了解相关法律知识以及国家立法活动等。因此，政府要发挥其法治宣传教育的职能，加强对居民法律知识的宣传和普及。

（2）多数居民支持法治安徽建设，希望朝着依法治国的方向发展。调查显示，居民相信法律的威信与力量，表示法律是治理社会必不可少的天平，希望法律在社会治理中的作用越来越突出，加强法治，减少“人治”，用法治手段打击社会中的违法行为。同时，也要用法律来约束政府工作人员的权力，不断加强行政效能建设，提高行政能力水平。

（3）法治安徽建设应密切联系基层群众，加强宣传。通过调查问卷得知，多数受访居民听说过“依法治国”以及“法治安徽建设”的概念，但对其中的具体内容却不清楚或者根本不了解。因此，政府应该多组织宣传法治建设的实体内容，使民众了解政府法治建设的规划与目的等，更好地促进居民支持、参与法治安徽建设。

二、广德县邱村镇居民法律意识状况调研报告①

一、背景概述

为深入贯彻党的十八大精神，贯彻落实中共安徽省委办公厅、安徽省人民政府办公厅印发《关于加快推进法治安徽建设的意见》的通知精神，加快法治安徽建设，安徽师范大学法学院组织了“法治安徽建设”调研团队。自1986年我国进行普法宣传以来，法律已经深入基层，走进并影响着人民的生活。随着十八大作出全面推进依法治国，加快建设社会主义法治国家的战略部署，法律的地位愈加突出。然而，经过这么多年的普法宣传工作，居民的法律意识状态究竟如何？他们的权利意识、法律保护意识和民主意识是否有所增强？在矛盾纠纷难以和解、调解时，是否能够通过法律途径来维护自己的合法权益？这些都成为我们心中的疑问。因此，借着暑期社会实践的契机，我们组建了普法调研团队赴广德县邱村镇进行社会调查。

二、调查地点、时间、方式和对象

调查地点：广德县邱村镇门口塘社区。

调查时间：2015年7月9日至12日。

① 由安徽师范大学“法治安徽建设”普法调研（广德）团队完成；成员：张丽君，刘义文，杨延庆，郑仁璐，吴晶晶，储丹，徐静，黄菲，薛佳佳，程春晓，杨威。

调查方式：以问卷调查的方式，分小组走访城镇居民，分发问卷共150份。

调查对象：广德县邱村镇居民。

三、调查结果及分析

整个调查从城镇居民“知法”“懂法”“守法”“用法”的角度，对广德县邱村镇居民法律意识状况进行调查。通过对调查结果进行分析，发现该地区居民的法律意识虽有提升，但也存在不少问题。

（一）居民法律意识提升的表现

1.大多数居民认识到法律的重要性。

29.4%的居民已经意识到法律在生活中非常重要，50%的居民认为法律对生活比较重要，15.3%的居民没觉得有用，只有5.3%的居民认为法律没有作用。由此可见，绝大部分居民已经认识到法律在日常生活中的重要性，这是提升居民法律意识的基础，因为只有认识到法律的重要性才能真正信任法律、信仰法律。

2.居民选择合法方式之意识较强。

在问卷中我们设计了实际案例来检测居民的法律意识，比如“你急需辆自行车，一天你恰好在街上见到一辆自行车在卖，价钱很便宜，你也很喜欢，但车子似乎来路不明，可能是偷的，那你会买吗?”近七成的居民表示不会买。除此之外，从居民对基本的法律问题的回答，也可以看出公民知法懂法的意识在不断增强，比如“如果有个穷人拾到一个钱包，内有2 000元，但失主很有钱，您认为他应该把钱包还给失主吗?”11.3%的居民认为可以不还，20%的居民认为可还可不还，50%的居民认为应当还，应当这样做人，16%的居民认为应当还，不还就违法，2.7%的居民选择了说不清。可见，大部分居民都能够选择合法的方式，做到懂法，用法。

3.大部分居民“用法”意识较强。

在提及“当你的权益受到侵害时，你首先想到的是什么?”58.3%的居民认为应该拿起法律武器来保护自己，5.7%的居民认为要用武力解决，15%的居民坚持通过关系解决，18%的居民感觉很委屈但也是没办法的事，只有3%的居民根本没有想到拿起法律的武器来保护自己。可见，大部分居民“用法”意识较强。

4.大多数居民信任公检法。

比如“对于法院、检察院、公安等机关，您的态度是?”有19.7%的居民选择非常信任，37.9%的居民选择比较信任；21.1%的居民选择除非不得已，否则不想有接触；只有1.3%的居民选择了完全不信任。同样，当问及“您认为法院适用法律审判案件时是公正的吗?”有18.7%的居民认为“一定是的”；43.3%的居民认为“大多数时候是的”；21.2%的居民选择了“一般吧，总是受到很多因素干扰”；16.8%的居民认为“不是的，还是有关系才可以”。可见，居民对公检法的信任程度较高。

（二）居民法律意识存在的问题

调研过程中我们发现居民在法律意识方面也存在很多问

题，具体表现在以下方面。

1.居民的法律基础知识相对薄弱。

调查结果显示，虽然居民的法律素质总体较好，但是知道怎么做并不等于知道行为背后所蕴含的法律意义。在调研过程中，最常见的现象就是调研对象会下意识选择看起来是正确的做法，甚至会有居民直截了当地说“虽然你说的东西我不懂，但我知道怎么做是不犯法的，我不想知道法律知识，只要我不犯法就好了。”这种想法是一种对法律漠视的表现，尤其是年龄在41岁以上、初中学历及以下的被调查者，拥有这种想法的人最多。由此可见，法律基础知识相对薄弱，法律知识的缺乏，法治意识的淡薄在一定程度上制约着居民法治素质的提升。

2.居民受地方习惯的影响较深。

在调研过程中，我们经常听到的一句话就是“这边都是这样”。我们之前预想的是，广德县位于皖苏浙的交界处，虽然经济并不发达，但是近些年受长三角经济带的辐射，思想观念相对于皖北地区而言应该更加开放，但现实的调研情况却出乎我们意料。在问卷中我们设计了“甲乙两人是亲密无间的好朋友，将价值8 000元的相机委托给乙保管，乙不慎将相机遗失，您觉得甲应该怎么做?”30%的居民选择要求乙赔偿；19.8%的居民认为友情为重，不要求赔偿；31.7%的居民认为乙愿意赔甲就要，不愿赔就算了；18.5%的居民选择了说不清。可见，地方习惯的长期影响对居民法律意识提升有一定的制约作用。

3.普法活动缺乏，民众对法律政策的关注较少。

在调查中我们发现，法律政策对人们生活的影响并不大。比如我们问及“您对目前我省的‘法治安徽建设’有了解吗?”49%的居民选择不了解，31%的居民认为通过你们的活动有所了解，20%的居民觉得完全不懂，觉得没有意义。“法治安徽”建设作为安徽省重要的法律政策，其实施、推行应该被居民了解才有意义。不过，我们也能看到，通过我们的活动，居民对法治安徽有所了解，说明居民并不排斥法律政策宣传，只是他们缺乏了解法律政策的机会。在调查过程中居民对我们的活动非常欢迎，这说明他们期待有更多的普法活动，期待学到更多的法律知识，政府相关部门应该加大普法宣传工作的力度。

4.积极态度与消极态度并存。

居民对现行法律的态度总体上是积极的。在对现行法律的要求上，他们通过生活实践和普法教育的开展，逐步明确社会主义法律的性质、目的和作用，要求有法可依、有法必依、违法必究；对现行法律评价上，尽管多数人的评价是感性的，但他们一般都能肯定法律的价值，而且也能够应用相关法律去保护自身的合法权益。不过，由于居民法律意识淡薄和传统习惯的影响，居民对现行法律也存在不可忽视的消极态度，表现在他们对相当一部分法律规范和司法机关持不信任态度，宁愿依赖政策或某些行政职能部门，因而往往把自己置于现行法律调整对象的被动地位。这些人不懂法也不愿主动去了解、学习法律，进而不能用合法手段维护自身合法权益。从这方面讲，普法工作还任重道远。

四、建议和意见

（一）区分对象类型，大力开展法律知识宣传教育

根据不同对象，进行不同的普法宣传和教育。对于青少年，普法应与德育工作相结合，着力加强青少年学生的法治教育。对于中老年人，应当加强社区法律文化普及，开展各种社区法律知识讲座和宣讲活动。建设文明守法社区，加快建设美好安徽，法治建设是重要内容，也是重要保障。应当紧紧围绕美好安徽建设，加快法治安徽建设步伐，使社区居民对法治安徽有更多的了解，了解自身拥有的权利和义务，知道如何运用法律途经维护自己的合法权益。

（二）加强立法，拓展居民有序参与立法的途径

围绕全省经济社会发展的阶段性特征，不断拓展立法领域。切实抓好各大领域立法，更加注重加强以民生为重点的社会领域立法，将成熟的社会管理经验上升为地方法规。同时，不断完善立法工作机制和程序，对事关人民群众切身利益的法律法规草案，要向社会公布，广泛征求意见和建议，把立法过程变为公众参与立法和引导公众知法、学法、守法的过程，不断提升居民的法律意识和法治观念。

（三）规范政府行为，切实做到严格规范公正文明执法

各级政府部门应当围绕机构改革和职能转变，科学合理界定行政决策权限。进一步明确各级政府重大行政决策的事项范围，健全具体操作规则，并向社会公布。完善重大决策听证制度，把公众参与、专家论证、风险评估、合法性审查

和集体讨论决定作为重大决策的必经程序。加强重大决策执行情况跟踪反馈和责任追究。乡镇也需要聘请律师担任法律顾问，并建立相应的工作制度，加快基层法治建设，不断推进法治政府建设。

（四）坚持公正司法，不断提高司法公信力

深化司法体制和工作机制改革，紧紧抓住影响司法公正和制约司法能力的关键环节，优化司法职权配置，不断完善保障机制和工作机制，确保审判机关、检察机关依法独立公正行使审判权、检察权。建立健全裁判文书网上发布制度和执行案件信息网上查询制度。落实执行案件统一管理制度，不断提升司法的公信力和执行力。推进“阳光司法”，建立司法公开责任追究制度和监督制约措施，切实保障人民群众的知情权。

（五）深入开展法治宣传教育，建设法治安徽

创新法治宣传教育形式，进一步加大法治宣传教育资源的整合力度，增强法治宣传教育活动的经常性、互动性、参与性，不断扩大法治宣传教育的覆盖面。建立健全法治文化建设工作机制，推进形成富有安徽特色的社会主义法治文化建设体系。加强和创新社会管理，提升法治保障水平，引导人们依法理性解决各种纠纷。

（六）提高工作保障水平，确保各项任务落到实处

坚持统筹兼顾，牢牢把握新形势下法治安徽建设的内在规律和发展趋势，将法治建设纳入经济建设、政治建设、文化建设、社会建设、生态文明建设总体布局。推动形成政府

目标管理绩效考核和机关部门效能考核互为补充的法治安徽建设考评体系，将考核结果作为各级领导班子和领导干部年度考核的重要内容，作为干部选拔任用的重要依据。落实法治建设专项工作经费，切实保障工作有效开展。加强各级领导小组办公室建设，积极发挥指导、协调、督促、检查职能，确保法治安徽建设各项任务顺利完成。

五、结　语

在我国乡镇地区，大多数居民的受教育程度不高，知识面窄，缺乏系统、有条理学习法律法规的机会，法律意识和法治观念淡薄。社区里的一些普法教育单单靠形式化、表面化、张贴标语、悬挂横幅、散发传单，难以从根本上提高城镇居民的法律意识。总之，法治安徽建设任重道远，法治安徽的实现是我们每一个安徽人的不懈追求，政府相关部门应该重视对城镇居民的普法教育，不断加大工作力度，创新工作措施，推进法治安徽建设，力争早日实现法治安徽建设的各项目标任务。

附：

“法治安徽”城镇居民法律意识状况调查问卷

您好，我们是安徽师范大学法学院的学生，现在我们需要进行一次关于“法治安徽建设”的调查。这是一份关于法律方面的调查问卷，感谢您抽出宝贵的时间配合我们填写，希望您按照您的真实想法填写。您的回答我们会严格保密，感谢您的支持与配合。

1.您的性别（　　）

A.男　　B.女

2.您的年龄段（　　）

A.15岁以下　　B.15–20岁　　C.21–25岁

D.26–30岁　　E.31–40岁　　F.41–50岁

G.51–60岁　　H.60岁以上

3.您正在攻读或已获得的最高学位（　　）

A.小学以下　　B.初中　　C.高中

D.中专　　E.大专　　F.本科

G.大学本科以上

4.您认为法律在日常生活中的作用如何？（　　）

A.非常重要，我有麻烦时会首先想到用法律手段来解决

B.比较重要，我有时会尝试用法律维护自己的权益

C.一般，除非迫不得已不然不会寻求法律的帮助

D.没觉得法律有作用

E.法律根本没用

5.你生活中的法律知识是从什么地方获得的？多选题（　　）

A.法律专业图书、法律条文

B.电影、电视剧、电视台法治节目

C.听他人谈论

D.对法律没兴趣，不知道

6.你急需辆自行车，一天你恰好在街上见到一辆自行车在卖，价钱很便宜，你也很喜欢，但车子似乎来路不明，可能是偷的，那你会买吗？（　　）

A.会

B.不会

7.在路口遇到红灯时，您会怎么做？（　　）

A.无视它，直接过去

B.看路上车子多不多、安不安全再做决定

C.看是否有交警或者监控摄像头再考虑要不要过去

D.等绿灯亮了再过去，时刻遵守交通规则

8.如果有个穷人拾到一个钱包，内有2 000元，但失主很有钱，您认为他应该把钱包还给失主吗？（　　）

A.可以不还

B.可还可不还

C.应当还，应当这样做人

D.应当还，不还就违法

E.说不清

9.甲乙两人是亲密无间的好朋友，将价值8 000元的相机委托给乙保管，乙不慎将相机遗失，您觉得甲应该怎么做？（　　）

A.要求乙赔偿

B.友情为重，不要求赔偿

C.乙愿意赔甲就要，不愿赔就算了

D.说不清

10.当你的权益受到侵害时，你首先想到的是？（　　）

A.拿起法律的武器来保护自己

B.用武力解决

C.通过关系解决

D.感觉很委屈但是认为也是没办法的事

E.根本没有在意过

11.如果在商场购买了一件伪劣品，您一般会怎样做？（　　）

A.自认倒霉

B.寻求消费者权益委员会的帮助

C.到商场与售货员争议，要求退钱

D.心里感觉不舒服但不知道怎么办

12.您认为打官司有必要请律师吗？（　　）

A.很有必要

B.可请可不请

C.没有必要

13.对于法院、人民检察院、公安等机关，您的态度是？（　　）

A.非常信任

B.比较信任

C.除非不得已，不想有接触

D.完全不信任

14.您认为我国目前的法律（　　）

A.对所有公民是平等的

B.略有不平等，没有充分保护底层人民的利益

C.非常不平等，存在特权阶层

D.不知道

15.您认为法院适用法律审判案件时是公正的吗？（　　）

A.一定是的

B.大多数时候是的

C.一般吧，总是受到很多因素干扰

D.不是的，还是有关系才可以

16.您觉得我国的行政机关的依法行政情况如何？（　　）

A.做得不错

B.一般吧，领导的指示也很重要

C.基本没有，领导的指示比法律规定有效

D.完全没有，法律就是装样子

17.您知道自己有哪些权利义务吗？（　　）

A.知道

B.大体知道

C.我只是知道不犯法

D.不知道，做人靠良心，那些无所谓

18.您觉得法律能维护您的切身利益吗？（　　）

A.能，我对法律有信心

B.能，但是只有懂法的人才能维护自身权益

C.不能，法律愈来愈代表有钱人和有权的人

D.现在不能，但随着社会的发展，法律会逐渐完善

19.您对目前我省的“法治安徽建设”有了解吗？（　　）

A.不了解

B.通过你们的活动有所了解了

C.完全不懂，觉得没有意义

20.您希望我们国家成为一个“法治国家”，一切依照法律办事吗？（　　）

A.很希望，那样很公平

B.无所谓吧，反正和自己关系不大

C.不希望，那样自己所积累的人脉就没有用了

D.中国就是人治国家，不可能实现法治

三、兼职大学生维权意识调查报告①

大学生是中国未来法治建设的主力军，大学生的维权意识是大学生法治意识状况的直接反映。兼职是大学生踏入社会的起步阶段，在此过程中，当他（她）们权益受到侵害时的维权行为选择方式，能够反映出大学生的维权意识。通过对我省兼职大学生维权状况的调查，一方面可以为大学生维权能力的提升提供一些建议；另一方面可以为法治安徽建设下一步工作的开展提供一些有益的参考。

一、调查的时间、地点和方式

调查时间：2015年7月9日至11日。

调查地点：安徽省黄山市黄山学院、黄山职业技术学院、黄山广播电视大学、黄山民航职业技术学院以及屯溪区的其他学校。

调查方式：（1）问卷调查。覆盖黄山大部分高校的大学生进行问卷调查；覆盖部分正在兼职的大学生进行问卷调查。（2）走访调查。对黄山各大高校的大学生进行走访交流；对黄山的部分兼职点进行调查、走访交流。

① 由安徽师范大学"法治安徽建设"普法调研（黄山）团队完成；成员：王荟，张宇，孙悦，庚笑，郭红梅，夏胜君，陈蒙，叶成名，张小梅，何子荷，许莉，叶豪特，沙学豪，朱瑾超。

二、调查内容和结果分析

（一）调查的内容

1. 大学生获取法律知识的渠道。

（1）阅读有关法律方面的书籍；（2）学校开设法律基础课程；（3）通过电视、报纸等获取。

2. 大学生从事兼职权益遭受侵害的原因。

（1）中介机构不讲信用；（2）公司与雇主不讲信用；（3）自身防范意识不高；（4）自身力量单薄，难以与对方辩论。

3. 大学生维权失败的原因。

（1）没有签订合同，相关单位不予承认；（2）相关单位蛮不讲理，不予理会；（3）相关单位关门走人，无法寻找；（4）遭到恐吓。

4. 大学生认为兼职时需要维护的权利。

（1）取得劳动报酬的权利；（2）安全卫生权；（3）平等就业权；（4）休息的权利；（5）社会福利；（6）其他。

5. 大学生认为从事兼职之前应该注意的问题。

（1）劳动报酬的保证；（2）工作环境的好坏；（3）用工单位的资质；（4）工作的轻松程度；（5）其他。

（二）调查结果分析

1. 是否从事过兼职。

在调查的300名大学生中，有181人从事过兼职，占总人数的60%；119人未从事过兼职，占40%。可以看出，超过半数的大学生在大学生活中从事过兼职，兼职是我们身边越来越重要且不可忽视的一个部分。

2. 从事兼职的过程中是否有过受骗经历。

在181名从事过兼职的大学生中，78人有过受骗的经历，如交纳定金后无法再联系、完成规定工作后未得到应有的报酬等；103人没有受骗的经历，占57%。数据显示，近半数的大学生在从事兼职时有过受骗经历，这一现实值得引起重视。

3. 大学生从事兼职受骗后采取的措施。

在78名从事兼职且有过受骗经历的大学生中，有28人直接与相关单位交涉，占36%；23人利用网络求助或向老师求助，占29%；12人选择忍气吞声，占15%；11人选择向相关部门投诉，占14%；仅有2人选择诉诸法律，占3%。可以看出，大学生利用法律维权的意识相当薄弱，进一步凸显出加强大学生知法用法的重要性。

4. 对兼职有关的法律知识了解情况。

在采访的300名大学生中，仅有63人是法学专业学生，占21%；其他专业的大学生中，有79人对兼职有关的法律知识是了解状态，占26%；处于不了解状态的大学生占较大比重。可见，现阶段大学生的法律意识比较薄弱。

5. 防止兼职权利受侵害的主要对策。

在采访的300名大学生中，认为防止兼职过程中权利受侵害，最主要的对策是增强大学生自身法律意识和维权意识，占总人数的50%；其次，是政府有关部门相互配合，加强监督，占总人数的25%；再次，是学校等教育部门要加强配合、引导和监督，占总人数的13%；少数大学生认为要从加强法律法规建设出发，防止兼职权利受侵害，占总人数的12%。可见，多数大学生都有加强自身法律知识储备的意愿，需要政府和学校有关部门给予帮助和提供相应条件。

（三）问题分析与解决

1. 用人单位（老板）应该如何做？

（1）用人单位应该制定严格的制度，加强工资发放等制度建设；（2）提高管理者（老板）的素质，使兼职人员的工资不被他们扣押；（3）管理者（老板）严于律己，充分尊重兼职人员的权利，及时、足额发放兼职人员的工资。

2. 学生应该如何做？

（1）了解相关法律知识，增强维权意识。

作为21世纪的大学生，应牢牢树立维权意识，遇到问题时能通过法律途径维护自身的合法权益，在兼职前应该了解一些我国关于劳动者权益保护方面的法律。可以通过图书馆查阅法条，借阅法律书籍，上网搜索等方式了解《劳动合同法》《民法通则》《合同法》以及《仲裁法》等法律文件。尤其要加强《劳动合同法》的学习，它是我国关于劳动制度的基本法，其中详细规定了劳动合同的签订、工作时间、工资、劳动保护各个方面的内容。兼职前了解掌握一些法律知识，在兼职过程中如果遇到以上问题，就能从容应对了。

（2）了解雇主与工作的相关情况。

大学生兼职的盲目性和对雇主信用情况的不了解是造成其权益遭受侵害的重要原因之一。因此，事先了解一下雇主的基本情况和兼职工作的具体内容尤为重要。雇主的基本情况包括其经营地点、经营状况、信用程度等；兼职工作相关情况包括工作性质、工作环境、酬薪状况等。总之，切勿忽视兼职前了解雇主及工作情况这一环节，这是顺利完成兼职工作，及时取得报酬的重要前提。

（3）签订劳动合同或其他书面协议。

许多学生认为自己是受雇于私人雇主，或者是临时兼职，无须签订书面合同。但这种怕麻烦的疏忽心理为日后权益受侵害埋下了隐患，因为一旦发生雇主拖欠工资或在工作中人身受到伤害情况，作为受侵害的大学生拿不出任何书面证据，维权更难。因此，在开始兼职前简要地拟订一份书面劳动协议，写清工作内容，劳动报酬和支付日期以及意外事件的处理办法等事项，并请雇主签名，一旦发生纠纷，即可拿这份协议与雇主理论或寻求法律途径解决。而一般正规的用人单位会主动要求签订合同，此时兼职的同学不应图省事，要仔细阅读合同内容并确定无异议时再签字。

（4）选择权利易受保障的兼职。

大学生在选择兼职时应当考虑多方面因素，如自己的兴趣爱好、酬薪情况、专业特点等。不同的兼职类型兼职者权利受到侵害的可能性不一样。比如，家教兼职由于其自身的特点比促销兼职受到权利侵害的可能性要小，促销兼职被拖欠薪水的情况非常普遍，导游兼职受到安全保障的比例很小等。因此，在兼职前要综合考虑多个因素，在符合自身兴趣爱好与专业特点的情况下，尽量选择安全、报酬最受保障的兼职。

3. 法律法规如何改进?

(1) 现阶段对兼职劳动者权益保护的法律对策。

目前，兼职劳动者的一些权益得不到充分的保障，但可以通过劳务合同的补充调整，使兼职劳动者的权益得到一些间接保障。从法理上讲，兼职劳动者所从事的多重职业都具有出让劳动力的支配使用权给用人单位，并一定程度上隶属于用人单位的特征，形成的兼职劳动者与各用人单位之间的相互关系，理应都是劳动关系。由于我国劳动法未对兼职进行明确的规定，使得只有一重劳动关系可以上升为劳动法律关系，得到劳动法的保护，而对其他第二重、第三重的劳动关系难以得到劳动法的保护。但是对于第二重、第三重不能受到劳动法调整的劳动关系来说，也是一种合同关系，出于对弱势劳动群体的保护和对当事人意思自治原则的尊重，在合同中，双方约定的权利和义务应受到法律的保护和认可，起到约束双方当事人遵照执行的作用。我国现行法律中的劳务合同制度与之最相类似，因此可用劳务合同的有关规定来间接调整兼职劳动。

(2) 从长远角度对兼职劳动者权益保护的法律对策。

从长远来看，由于“兼职”在客观上有其存在的合理性及一定的社会价值，所以兼职现象仍可能在很长一个时期内存在、发展。因此，“兼职”的健康、有序发展需要国家通过一定法律形式的干预、调控予以保障，国家对“兼职”的肯定与规范，利大于弊。

三、总 结

随着法治中国的建设步伐不断加快，人民群众的法律意识有所提高，但在本次实践中，我们深刻地感受到现代大学生运用法律的意识还相当薄弱，大学生兼职受骗的现象时有发生。因此，提高大学生的维权意识势在必行。

我们应该看到，在校兼职以及寒暑假打工是大学生从学校过渡到社会的关键时期，这个时期对大学生法治意识的培养有着至关重要的作用。在兼职过程中，大学生缺乏自我保护能力，合法权益屡屡遭受侵害，这会给他（她）们最初的法律实践留下诸多阴影，不利于培养和树立大学生的法治观念。因此，完善各种保障制度，维护大学生兼职期间的合法权益，不仅关系到大学生的个人利益，更关系到我国法治环境的营造、大学法治意识的培养和法治观念的树立，进而影响到我国的法治进程。

四、大学生法治意识调研报告①

为研究当下在校大学生的法治意识状况，为法治安徽建设提供有益的借鉴和参考，我们团队于暑期赴马鞍山市进行了当下大学生法治意识的调查，共发放调查问卷87份。以下是对问卷调查结果进行简单分类和汇总后做出的分析。

一、大学生知法用法现状分析

目前大学生群体对法律知识的理解仍停留在比较浅的水平，对于类似交通规则等一般性的、简单的法律法规，一半以上的大学生都很熟悉并且可以遵守，但对有专业性内容的法律法规相当匮乏。从他们获取法律知识的渠道上来分析，约57.47%的学生是依靠自己在平时偶尔观看电视法律节目中获取；学校主动对学生开展的法律知识普及活动很少，通过学校教育学习法律知识的仅占29.88%；而主动去学习法律知识的学生比例更低，仅占12.64%。当他（她）们权益遭受侵害时，大部分学生只会意识到要拿起法律武器保护自己的权益，却不知道应运用什么法律法规来维护自身的权利，更有小部分人选择自认倒霉或用武力解决，这表明对大学生进行法律知识的普及教育亟不可待。

在随机调查的学生中有66名大学生对经济类和民事类法

①由安徽师范大学"法治安徽建设"普法调研（马鞍山）团队完成；成员：俞颖，周康宇，卢逸潮，王婷，张琪，吴蒙，黄悦雯，尹健，吴太凡，升月，杨丹丹。

律表现出更多的兴趣，如消费者权益保护法，这体现出他们对希望了解的法律的实用性要求；希望了解刑事类方面的法律法规知识，有23人选择，目的是为了避免自身犯罪，减少误犯；大学生对行政法的了解需求是最低的，仅有12人选择，这体现出现代大学生在政治生活中的主人翁责任感不强，在监督政府权力以及行使自身的政治权利方面并不活跃。

二、大学生对自身群体违法犯罪的认知分析

总体来看大学生对自身群体的犯罪率持乐观态度，认为大学生容易违法犯罪的人只是少数，约28.73%；剩下的人中有64.37%的大学生认为自身群体不容易犯罪。同时也赞同自身需要提高法治意识，希望有更多的渠道可以帮助自己获取法律知识，武装自己。对于典型的大学生犯罪的案件，47.13%的大学生表示难以理解当事人的行为；然而也有32.18%的人认为是情理之中，在正常的接受范围内；剩下的20.69%的人则表示说不清，不知怎么评价。这表明大学生之间对犯罪概念的理解不同，可能是对法律的了解范围不同，也有可能是个人的认知存在误差，同时也表明学校作为教书育人的重要角色，应加强对全体学生法律知识的普及教育，提高在校大学生知法懂法守法的意识，增强法律意识和法治观念，为他们走向社会奠定坚实的基础。

三、大学生对法治建设的认识分析

调查数据显示，有70.11%的大学生认为建设法治社会会让我们的社会更加有序和谐；只有27.5%的大学生认为建设

法治社会对我们的生活秩序改善、生活幸福提高没有实质作用；另有2.30%的大学生回答不清楚。这说明作为法治社会建设一分子的大学生，绝大部分都认识到法治社会建设的重要性，支持我国法治社会的建设，认为这将会使我们未来的生活更加美好。这也说明，如果学校和政府能加大对大学生的法治教育，提升大学生的法治意识和法治能力，这无疑对我国法治政府的建设非常有利。

四、结　语

作为法治社会建设的一分子，几乎所有大学生都表示出支持法治社会的建设，认为这会使生活更加有序美好。在法治社会建设的浪潮中，我们要做那一朵朵的浪花，主动学习法律知识，做到真正地知晓法律，遵守法律，维护法律的尊严，而不是空说“法”，实则不知法为何物。作为法学专业的大学生，应该承担起更多的责任，力所能及向身边的人普及法律知识，增进他们对法律的理解，鼓励他们学法知法，成为推动法治社会建设的一部分，勇做走在法治社会建设前列的实践者、开拓者、奉献者。

附：

大学生法治意识调查问卷及数据统计

大学生法治意识问卷调查及数据分析（总调查人数87人）。

1.你是否经常闯红灯？

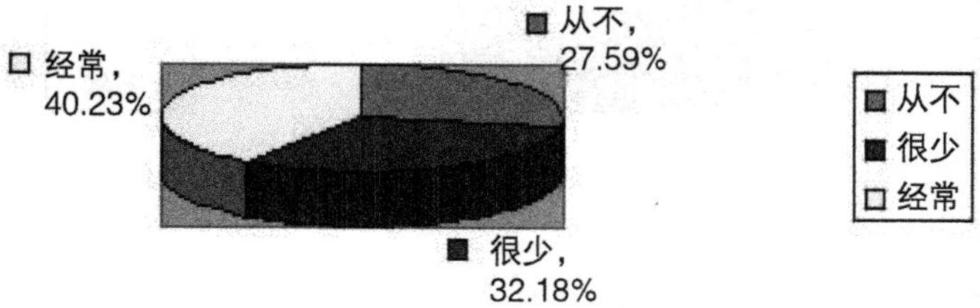

2.你认为闯红灯是违法行为吗？

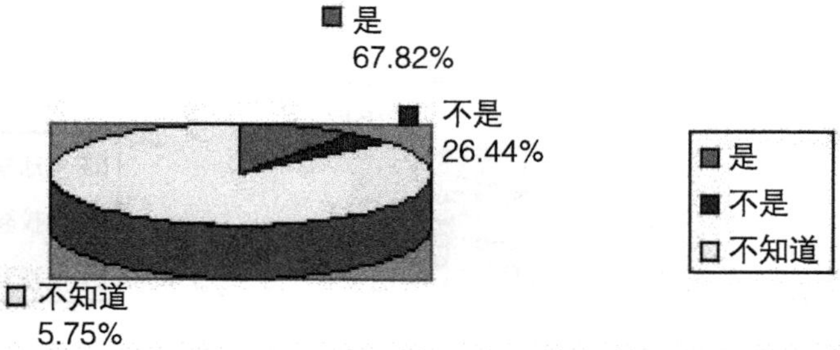

3.你所在的学校会进行普法教育吗?

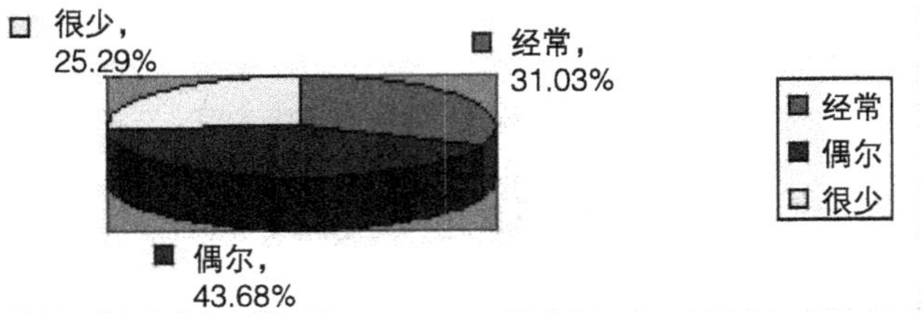

4.平时会看法治节目吗?

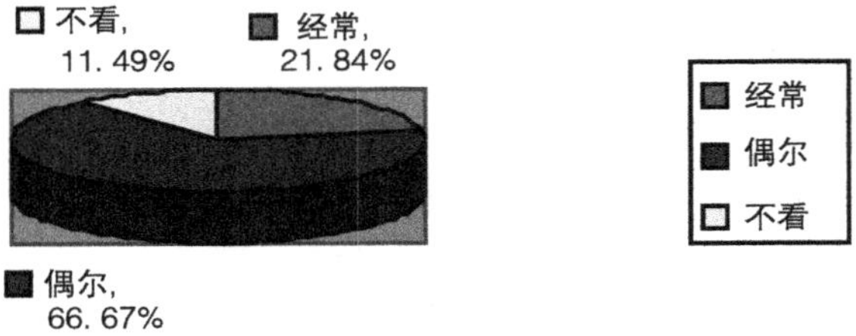

5.你了解法律知识的渠道是?

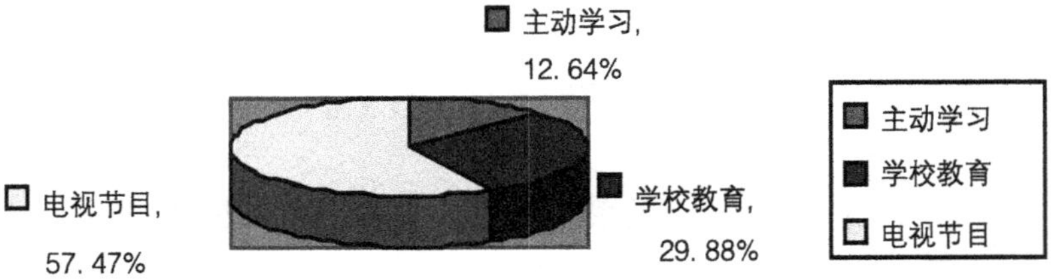

6.如果你的合法权益遭到侵犯，你会选择如何维权？

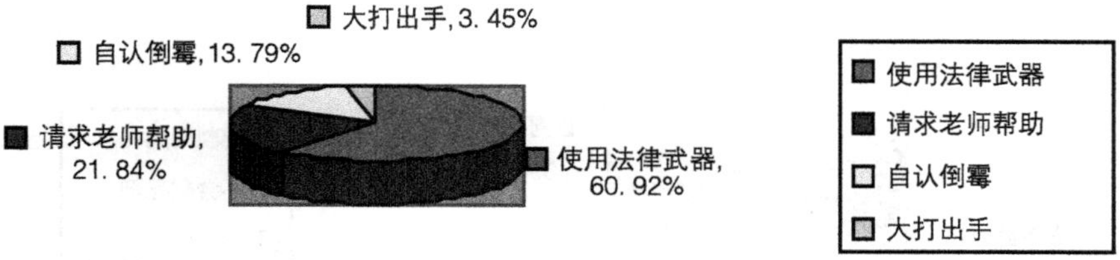

7.假如不幸遭到抢劫或盗窃，你会选择？

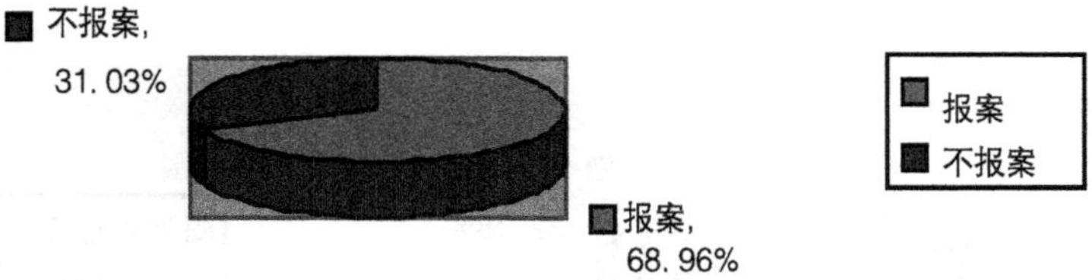

8.你能清楚地说出我国的几部大法吗？

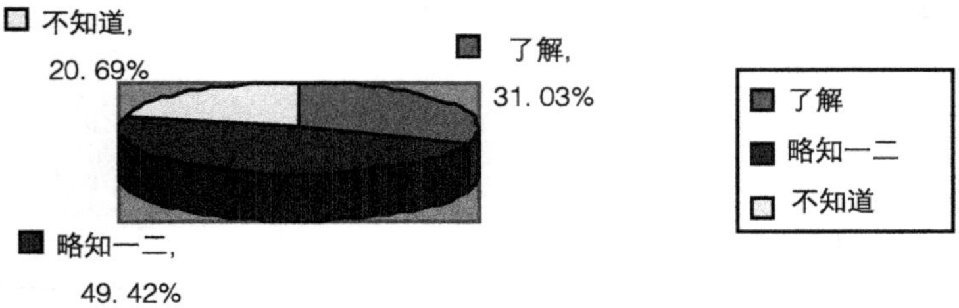

9.你觉得故意伤害他人会被判死刑吗？

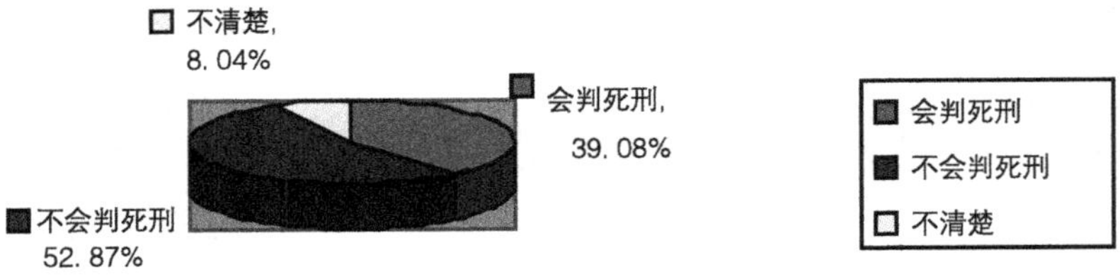

10.你如何看待大学生犯罪？(如马加爵)

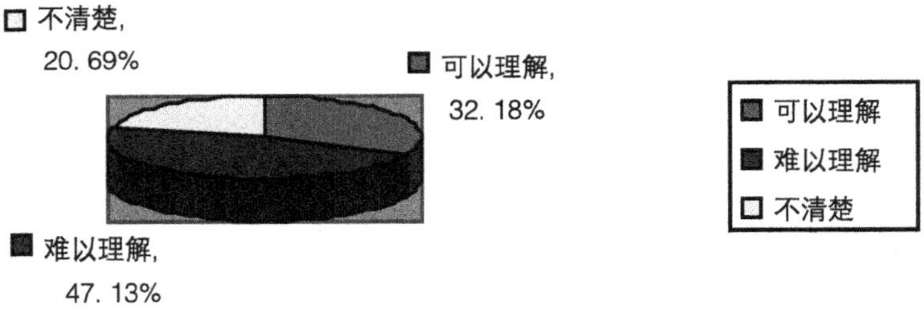

11.你觉得大学生犯罪率高吗？

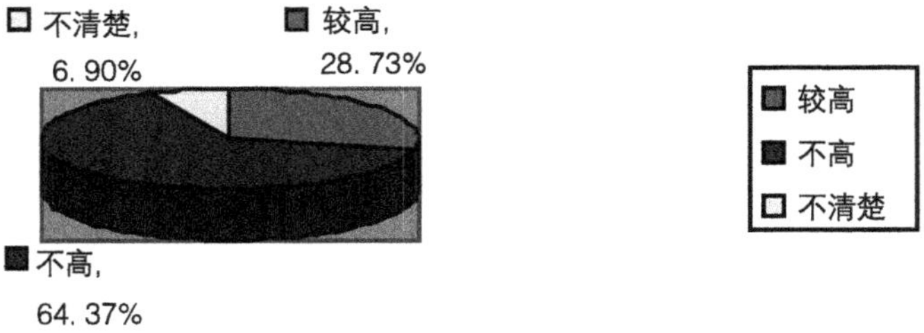

12.你认为当今大学生需要提高法治意识吗？

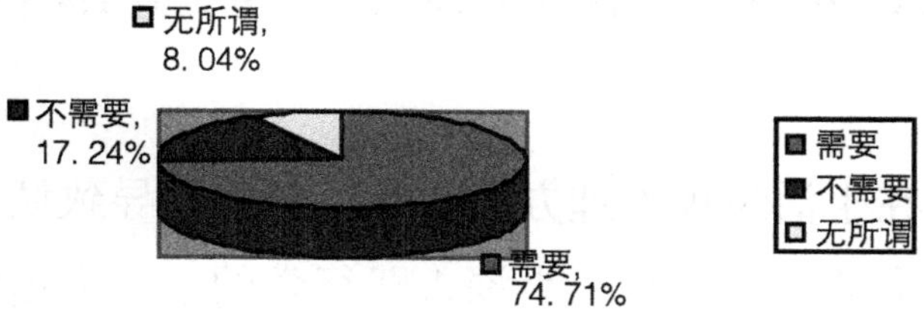

13.你觉得大学生缺少哪些方面法律意识？（多选题）

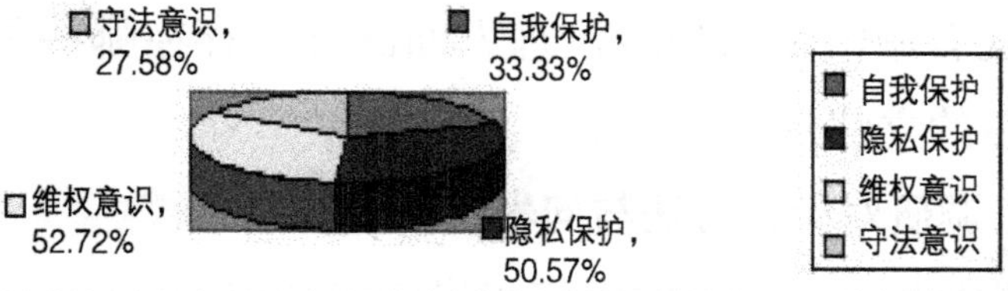

14.你觉得法治社会的建设对人们的生活有好处吗？

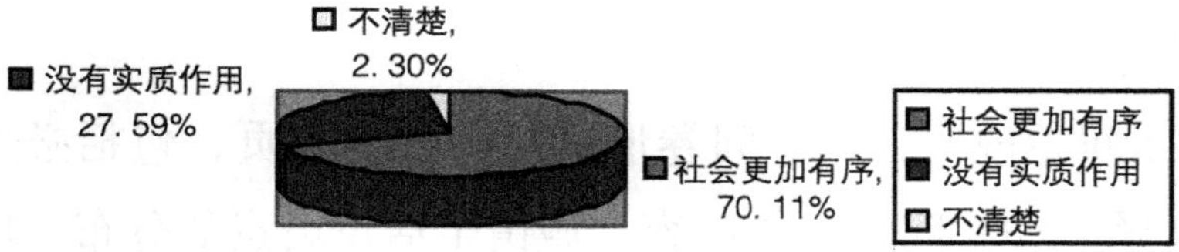

15.你更希望了解哪方面的法律知识？（多选题）

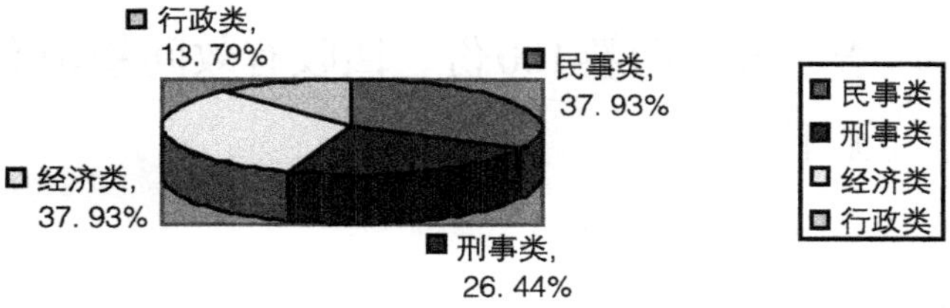

五、城镇生活垃圾治理调研报告[①]

我国在生活垃圾治理方面的立法较晚，导致城镇生活垃圾成为社会的一大公害。为深入践行党的十八大提出的构建生态文明，创建美好城镇，构建两型社会的要求，我们以潜山县为例，调查分析城镇生活垃圾现状，并在此基础上，分析我国现有城镇生活垃圾治理方面的立法存在哪些不足，以便为今后的立法提供参考。

一、调研对象、方法与问卷说明

1.调研对象：安徽省安庆市潜山县居民。

2.调研方法：（1）调查问卷法；（2）访谈法；（3）实地考察法。

3.问卷说明：（1）问卷形式：问卷共三页，包括必选题目21题。（2）问卷主体内容：城镇生活垃圾点的分布、居民对生活垃圾的处理、居民对垃圾污染的认识等。

二、调查统计结果

本次调查共发放问卷100份，回收有效问卷61份。调查结果统计（见下表）。

①由安徽师范大学“法治安徽建设”普法调研（潜山）团队完成；成员：徐茜娜，杭帆，王琪，刘迎迎，程俊科，朱敏，戴淑娟，杜梦情，吴哲，朱晶。

调查结果统计表

题　目	选　项	选择人数	百分比
1.您的性别	男	37	61%
	女	24	39%
2.您的年龄	18岁以下	10	16%
	18–39岁	30	49%
	40–59岁	19	31%
	59岁以上	2	3%
3.您目前居住在	农村地区	18	30%
	城镇地区	43	70%
4.您的政治面貌是	共产党员(含预备党员)	7	11%
	共青团员	25	41%
	群众	24	39%
	民主党派	1	2%
	无党派人士	4	7%
5.您的受教育程度	小学及以下	8	13%
	初中	13	21%
	中专	5	8%
	高中	13	21%
	大专	5	8%
	本科	17	28%
	本科以上	0	0%

续表

题　目	选　项	选择人数	百分比
6.您的职业是	党政机关干部	1	2%
	专业技术人员	7	11%
	工商企业管理人员	3	5%
	公司职员	7	11%
	工人	4	7%
	商业、服务业从业人员	6	10%
	学生	22	36%
	个体经营者	7	11%
	军人,警察	0	0%
	私营企业人员	1	2%
	离退休人员	2	3%
	其他(请写明)______	1	2%
7.您认为你周围的生活垃圾多吗	很多	7	11%
	较多	17	28%
	一般	27	44%
	较少	10	16%
8.您家的主要生活垃圾是	厨房废弃物	27	44%
	废塑料、废纸、碎玻璃、废电池	14	23%
	其他废弃的生活垃圾	20	33%
9.周围有固定的垃圾点吗	有	47	77%
	无	7	11%
	较少	7	11%
10.垃圾点清理的情况	政府定期派人清理	43	70%
	清理频率低	9	15%
	无人清理	4	7%
	居民自发清理	5	8%

续表

题　目	选　项	选择人数	百分比
11.您了解垃圾被清理的去向吗	不了解	27	44%
	堆放到另一个大的垃圾点了	15	25%
	送到垃圾处理厂了	19	31%
12.过期的药物和废旧电池如何处理	指定垃圾点	37	61%
	随意丢弃	9	15%
	烧掉	2	3%
	等待上门回收	12	20%
	其他	5	8%
13.您是否进行垃圾分类	是	24	39%
	否	28	46%
	不了解分类	9	15%
14.生活垃圾收集是否进行回收利用	经常	10	16%
	偶尔	17	28%
	视情况而定	14	23%
	很少	12	20%
	从不	8	13%
15.您家里常用一次性餐具吗	常用	12	20%
	不常用	31	51%
	根本不用	18	30%
16.您知道塑料袋和一次性餐具很难分解，会对环境造成污染吗	知道	50	82%
	不知道，没想过	11	18%
	不关我事	0	0%
17.如果您家附近有垃圾箱功能分类，您是否愿意将自家的垃圾分类投入垃圾箱	愿意	42	69%
	基本愿意	14	23%
	别人怎么样，我就怎么样	3	5%
	费事，不管它	2	3%

续表

题　目	选　项	选择人数	百分比
18.您平时是否有意识地关注环保类报道	非常关注	9	15%
	一般关注	37	61%
	一般不关注	14	23%
	非常不关注	1	2%
19.您周围有没有关于环保类的宣传	经常有	12	20%
	偶尔听说过	34	56%
	没有听说过	15	25%
20.您开展过或者参加过类似的环保活动吗	经常	2	3%
	偶尔	21	34%
	没有过	38	62%

三、总结与分析

（一）调查结果总结

通过对调研数据的整理分析，我们发现，城镇生活垃圾治理成效还存在诸多不足，主要表现在：（1）社区公共环境仍存在许多问题；（2）居民生活垃圾分类意识不清；（3）居民生活垃圾环境保护意识偏弱。

（二）调查结果的原因分析

1. 立法起步时间较晚。

我国从1989年开始陆续开展生活垃圾的立法，而之前的环境保护重点主要是放在水环境保护上，直到2000年后才逐步开始关注生活垃圾立法问题。

2. 立法内容过于简单。

我国由于生活垃圾处理技术较为单一、生活垃圾分类处于起步阶段，可回收利用的饮料容器、纸制品、金属等大多是通过非正规渠道流向市场，现有的法规主要是针对笼统的生活垃圾一类对象而言，并未进行细分和制定相应的配套措施。

3. 资源化相关规定缺乏。

与发达国家相比，我国生活垃圾的资源化由废品回收系统分流，资源化率的考量与国外较难比较，但资源化的水平仍然处在一个很低的状态。

4. 国家和地方立法支持不够。

虽然《固体废物污染环境防治法》对固体废物的收集、运输、回收利用、处理、处置作了原则上的规定，但一个完整的固体废物综合管理法律体系还未建立。此外，由于我国固体废物问题的状况具有很大的地区差异性，一些法律法规的可操作性不强，造成实际操作和法律规定脱节的情况。

5. 法律责任较轻、执法不严。

目前，我国以指导性的法律规定较多，而强制性、惩罚性的规定较少。很多行政措施是以“意见”或“通知”的形式发布的，因而并不具有法律强制力。此外，现行固体废物法律文件中对于法律责任的规定偏轻，且偏重于污染防治方面。对于固体废物的回收利用，仅限于鼓励和支持，而在实际执法过程中也存在重情面、轻法规的现象。

6. 生活垃圾处理费开征的法律支持度不够。

我国关于垃圾的立法中已经涉及垃圾收费制度，如国务院颁布的《城市市容和环境卫生管理条例》等，但都是原则性的条文，对垃圾处理收费的具体标准未做出明确规定，这样使各地制定出的规范性文件效力不足，实践操作中受重视程度远远不够，导致关于垃圾收费的规定形同虚设。

附：

城镇生活垃圾治理调查问卷

您好！我们是安徽师范大学法学院赴潜山县暑期社会实践团队，为了解当前城镇生活垃圾处理情况，制作了该问卷。我们按照科学的方法挑选一部分居民作为代表，您是其中一位。本次调查以不记名方式进行，并且根据国家统计法，我们将对统计的资料严格保密，所有数据仅会用于科学研究，绝对不透露您的任何个人信息，请您放心填写。另外，问题的答案无对错之分，请您不必有任何顾虑。

感谢您的支持与合作！

一、个人信息

1.您的性别（　　）

A.男　　　　　　B.女

2.您的年龄（　　）

A.18 岁以下　　　B.18–39 岁

C.40–59 岁　　　D.59 岁以上

3.您目前居住在（　　）

A.农村地区　　　B.城镇地区

4.您的政治面貌是（　　）

A.共产党员（含预备党员）　　B.共青团员
C.群众　　D.民主党派　　E.无党派人士
5.您的受教育程度是（　　）
A.小学及小学以下　　B.初中　　C.中专
D.高中　　E.大专　　F.本科　　G.本科以上
6.您的职业是（　　）
A.党政机关干部　　B.专业技术人员
C.工商企业管理人员　　D.公司职员
E.工人　　F.商业、服务业从业人员
G.学生　　H.个体经营者　　I.军人、警察
J.私营企业人员　　K.离退休人员
L.其他（请写明）________________

二、具体内容

1.您认为你周围的生活垃圾多吗？（　　）
A.很多　　B.较多　　C.一般　　D.较少
2.您家的主要生活垃圾是（　　）
A.厨房废弃物
B.废塑料、废纸、碎玻璃、废电池
C.其他废弃的生活垃圾
3.周围有固定的垃圾点吗？（　　）
A.有　　B.无　　C.较少
4.垃圾点清理的情况怎样？（　　）
A.政府定期派人清理　　B.清理频率低
C.无人清理　　D.居民自发清理

5.您了解垃圾被清理的去向吗？（　　）

A.不了解

B.堆放到另一个大的垃圾点了

C.送到垃圾回收处理厂了

6.您的塑料垃圾制品如何处理？多选（　　）

A.垃圾桶　　B.河道中　　C.道路旁

D.烧掉　　E.其他

7.过期的药物和废旧电池如何处理？多选（　　）

A.指定垃圾点　　B.随意丢弃　　C.烧掉

D.等待上门回收　　F.其他

8.您是否进行垃圾分类？（　　）

A.是　　B.否　　C.不了解分类

9.生活垃圾收集是否进行回收利用？（　　）

A.经常　　B.偶尔　　C.视情况而定

D.很少　　E.从不

10.您家里常用一次性餐具吗？（　　）

A.常用　　B.不常用　　C.根本不用

11.您知道塑料袋和一次性餐具很难分解，会对环境造成污染吗？（　　）

A.知道　　B.不知道，没想过　　C.不关我事

12.如果您家附近有垃圾箱功能分类，您是否愿意将自家的垃圾分类投入垃圾箱？（　　）

A.愿意　B.基本愿意　C.别人怎么样，我就怎么样

D.费事，不管它

13.您平时是否有意识地关注过环保类报道？（　　）

A.非常关注　B.一般关注　C.一般不关注

D.非常不关注

14.您的周围有没有关于环保类的宣传？（　　）

A.经常有　　B.偶尔听说过　　C.没有听说过

15.您开展过或者参加过类似的环保活动吗？（　　）

A.经常　B.偶尔　　　C.没有过

我们的调查结束，您辛苦了！再次向您表示感谢！

六、“一五”普法至“六五”普法期间民众的法治意识状况调研报告①

一、实践活动背景

中国共产党第十八届中央委员会第四次全体会议（简称十八届四中全会）于2014年10月20日至23日在北京召开。本届四中全会首次专题讨论依法治国问题，将法治中国建设推入了快车道。我省积极响应党中央的号召，全面推进法治安徽建设。作为一名法科生，积极参与我国的法治建设，既是一种使命，也是一种责任。为有效配合法治安徽建设工作，我们利用暑期对芜湖市各阶层民众的法治意识状况进行一次深入调查。

二、调查报告说明

1.调查时间：2015年7月9日至14日。

2.调查对象：芜湖市各阶层人员。

3.调查单位：芜湖市经济开发区检察院、芜湖市弋江区文津花园、芜湖市柏庄时代广场、芜湖市乐天玛特超市以及其他人员。

4.调查目的：了解民众的法治意识状况。

5.调查方法：以问卷调查为主，问询法为辅。

团队志愿者通过研究“一五”普法到“六五”普法期间

①由安徽师范大学“法治安徽建设”普法调研（芜湖）团队完成；成员：汪越媛，桂笑丹，张园园，潘韵之，王尔雅，刘婧茹，周响来，孔志衡，方留靖，田馨宇，朱倩。

的重点内容，设计调查问卷，通过进机关、进社区、进学校、进农村等方式全面调研各阶层对“一五”普法到“六五”普法期间的新看法和新认识。同时还采用问询法等其他方法。

6.内容概述：（1）各阶层民众对依法治国的认识；（2）各阶层民众接受的普法宣传的类型；（3）各阶层民众接受的普法宣传的效果；（4）各阶层民众对法治中国建设的认识；（5）各阶层民众对我国现如今法治化程度的认识。

7.调查结果预测：本次调查题目过大，由于某些因素限制，实施调查人员过少，能够调查的人群十分有限，地区范围也过于宽大，但所能调查的范围却过于狭窄，调查方法也不够准确，结果必然不够准确。另外被调查人员的主观因素等也会对调查的可靠性产生影响，但本次调查中被调查人群能代表一个小地区各阶层中大部分普通民众所处一般情况，因此调查具有一定意义。

三、数据统计及分析

1.接受调查的人群以年轻人为主。

数据显示受调查者的职业以学生居多，占总人数的67.94%；年龄段以10—20岁、20—30岁段的人群为主，占总人数的81.68%，反映了大多数青少年更乐意接受类似的普法调查，见表1。

表1　受调查者的职业和年龄情况

题　目	选　项	百分比
1.您的职业	学　生	67.94%
	农　民	4.20%
	公务员	3.82%
	领导干部	0
	工　人	8.40%
	其　他	15.65%
2.您的年龄	10—20岁	35.88%
	20—30岁	45.80%
	30—40岁	9.92%
	40—50岁	6.49%
	50岁以上	1.91%

2.多数居民对十八届四中全会主题了解较少。

知道十八届四中全会主题的居民占总调查人数的19.85%；“听过，但具体不清楚”的占42.75%；而选择“没有关注过”的居民占37.4%。由此可知，多数居民不怎么关注我国依法治国的方略。推进依法治国民众化、大众化，努力使居民更加了解我国的依法治国方略。

3.大部分居民权益受到侵害时更倾向于选择适用法律武器维权。

这反映了我国居民的法治意识较之“一五”普法之前有明显提升，体现出我国的普法工作取得了重大进展。但多数被调查者认为在生活中需要法律或者运用法律的情况并不多，这也说明了虽然我国居民的法治意识较之前有很大进步，但是仍然需要加强，法治意识还没有深入到居民的日常生活中，见表2。

表2　维权方式选择和运用法律情况

题　目	选　项	百分比
1.当您的合法权益受到侵害时，你会选择哪种方式维权	法律武器维权	74.05%
	寻找社会组织的帮助	11.07%
	武力解决	3.82%
	没有办法解决，默默忍耐	4.96%
	其　他	6.11%
2.您认为生活中有需要法律或者运用法律的情况多吗	不　多	17.18%
	还　好	79.01%
	没　有	3.82%

4.大部分居民希望了解民商法方面的法律法规。

民商方面的法律知识与居民的生活息息相关，但同时也有不少人希望了解我国的根本大法《宪法》，这反映了人们有尊重《宪法》，以《宪法》为根本法的法律意识，详见图1。

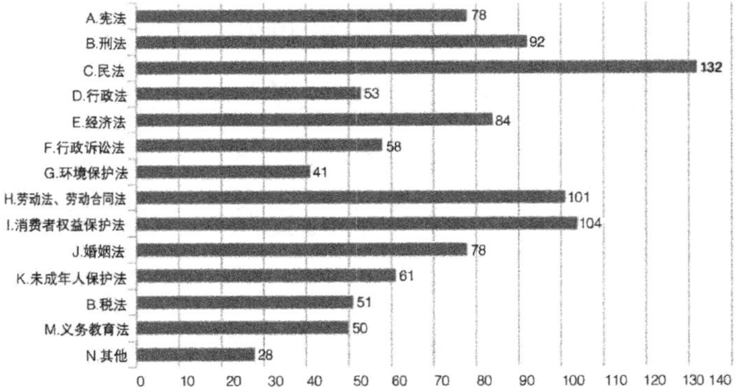

图1　希望学习的法律法规

5.普法和推动社会法治化的有效方式。

普法和推动社会法治化，首要的是加大宣传力度，鼓励更多的人参与，与此同时政府和司法部门要做好示范带头作用并建立有效的法治宣传教育机制，将这几方面结合起来，可以更好地促进普法工作的有效进展。另外，关于推进法治社会建设的手段可以多样化，群众对于普法宣传、公正司法裁判、制定良好的法律、民众自发信仰法律等方式都给予了一定的肯定，见表3。

表3　普法和推动社会法治化的有效方式

题　目	选　项	百分比
1. 针对我国现状，您认为应该怎样让普法工作更有实效	大力宣传，鼓励更多的人参与进来	33.97%
	政府和司法部门做好示范带头作用	34.73%
	建立有效的法治宣传教育机制	39.01%
	其　他	2.29%
2.您认为推动社会法治进步的最有效方式是什么	普法宣传	23.66%
	公正司法裁判	39.31%
	制定良好的法律	15.65%
	民众自发信仰法律	21.37%

6.居民对我国法治化进程的认识情况。

大部分居民认为我国法治化程度一般，然而我国法治化建设的进程中所面临的问题依然较多，主要是民众素质不高、司法腐败严重、政策大于法律等问题，见表4。

从“一五”普法到“六五”普法，我国公民的法治意识有所改善，普法工作已经取得了一定的成效。

表4　对我国法治化进程的认识情况

题　目	选　项	百分比
1.您认为现在中国法治化的程度如何	很高	9.92%
	一般	66.79%
	很低	23.28%

续表

题　目	选　项	百分比
2.您认为法治对中国来说很重要吗	很重要	89.31%
	没有特别作用	5.73%
	实际作用甚微	4.96%
3.您认为我们现在需要克服法治化进程中的难题是什么	民众素质不高	40.08%
	立法技术不高	4.96%
	司法腐败严重	37.02%
	政策大于法律	17.94%

7.群众关于普法宣传的态度。

大多数群众表示愿意接受普法宣传但是没有途径，受到了多方面的限制，比如普法活动太单一、普法范围不广、普法力度不够、普法形式没新意、普法内容不具体不全面不贴近生活等问题，同时群众也反映了法制电影、模拟法庭、法治讲堂等形式更有利于大众接受，详见下表。

表5　对于普法宣传的态度情况

题　目	选　项	选择人数(总数262人)
1.您愿意接受普法宣传吗	愿意,但是没有途径	183
	无所谓,有时间就听一听	68
	没兴趣,与我没太大关系	6
	没意义,比较抵制	5
2.您认为自己在接受普法时受到了哪方面的限制(可以多选)	普法活动太单一	134
	普法范围不广	140
	普法力度不够	136
	普法形式没新意	132
	普法内容不具体不全面	85
	其他	30

续表

题　目	选　项	选择人数(总数262人)
3.您认为怎样的普法形式比较适合您(可以多选)	法治讲堂	111
	宣传单页	67
	展板宣讲	55
	法制电影	166
	模拟法庭	134
	其他(可以填写)__________	11

四、结　论

1. 居民法治意识得到明显提升。

大部分居民权利受到侵害时倾向于选择适用法律武器维权，这反映了我国居民的法治意识较之“一五”普法之前有明显提升，同时也说明我国的普法工作取得了重大进步。由于民商法、宪法与居民的生活息息相关，因此大部分居民具有了解和学习的愿望，尤其是对于宪法了解的渴望，更是反映了我国居民有尊重宪法，以宪法为根本法的法律意识。

2. 政府应该是普法工作的主体。

普法工作应当依靠宣传，政府应当发挥带头模范作用，建立有效的教育机制，才能更好地促进普法工作的进展。另外，关于推进社会法治化建设的手段可以多样化，群众对于普法宣传、公正司法裁判、制定良好的法律、民众自发信仰法律等方式都给予了一定的肯定。

3.法治化进程需要进一步发展。

大部分居民认为法治化对于中国来说特别重要，但是目前我国法治化程度一般，我国法治化建设的进程中所面临的问题仍然较多，主要有民众素质需要提高、立法技术需要加强、司法腐败现象比较严重、政策和法律的关系需要进一步理顺等，需要进一步加大工作力度，认真加以解决，不断推进我国的法治化进程。

附：

“一五”普法至“六五”普法期间民众法治意识状况调查问卷

很感谢您愿意抽出宝贵时间配合我们完成本次问卷调查！谢谢！

1.您的职业是？（　　）

A.学生　B.农民　C.公务员

D.领导干部　E.工人　F.其他

2.您的年龄段是？（　　）

A.10—20岁　B.20—30岁　C.30—40岁

D.40—50岁　E.50岁以上

3.您听过“六五”普法吗？（　　）

A.没听过　　B.听过，但具体是什么不清楚　C.了解

4.您知道十八届四中全会的主题是什么吗？（　　）

A.没关注　　B.听过，但具体不清楚　　C.知道

5.当您的合法权益受到侵害时，你会选择哪种方式维权？（　　）

A.法律武器维权　B.寻找社会组织的帮助　C.武力解决

D.没有解决办法，默默忍耐　　E.其他

6.“六五”普法期间您希望了解学习哪些法律法规的基本内容？（　　）

A.宪法　B.刑法　C.民法　D.行政法

E.经济法　　F.行政诉讼法　　G.环境保护法

H.劳动法、劳动合同法　　I.消费者权益保护法

J.婚姻法　　K.未成年人保护法　　L.税法

M.义务教育法　　N.其他

7.针对我国现状，您认为应该怎样让普法工作更有实效？（　　）

A.大力宣传，鼓励更多的人参与进来

B.政府和司法部门做好示范带头作用

C.建立有效的法制宣传教育机制

D.其他

8.您认为推动社会法治化进步的最有效方式是什么？（　　）

A.普法宣传　　B.公正司法裁判

C.制定良好的法律　　D.民众自发信仰法律

9.你认为现在中国法治化的程度如何？

A.很高　　B.一般　　C.很低

10.你认为法治对中国来说很重要吗？（　　）

A.很重要　　B.没有特别作用　　C.实际作用甚微

11.你认为我们现在需要克服法治化进程中的难题是什么？

A.民众素质不高　　B.立法技术不高

C.司法腐败严重　　D.政策大于法律

12.您认为生活中有需要法律或者运用法律的情况多

吗？（　　）

A.不多　　B.还好　　C.没有

13.您有运用过法律解决生活中的问题吗？（　　）

A.没有　　B.很少

C.有需求，但是没有途径　　D.经常

14.您觉得我国从“一五”普法至今公民的法治意识有什么变化？（　　）

A.法治意识明显增强　　B.有进步，但不明显

C.大多数人还是不懂法　　D.没什么变化

15.您愿意接受普法宣传吗？（　　）

A.愿意，但是没有途径

B.无所谓，有时间就听一听

C.没兴趣，与我没太大关系

D.没意义，比较抵制

16.您认为自己在接受普法时受到了哪方面限制？可以多选（　　）

A.普法活动太单一　　B.普法范围不广

C.普法力度不够　　D.普法形式没新意

E.普法内容不具体不全面　　F.其他

18.您认为怎样的普法形式比较适合您？可以多选（　　）

A.法治讲堂　　B.宣传单页　　C.展板宣讲

D.法治电影　　E.模拟法庭　　F.（可以填写）

18.对于如今我国强调的依法治国怎么看？（　　）

A.很有信心，应当鼓励

B.我国仍然面临很多问题，仍需做很大努力

C.无所谓，与我没太大关系

D.不乐观，不怎么看好

19. 对于我国法治化建设有什么建议或意见？（　　）

____

____

____

七、我国司法机关刑事冤假错案产生原因及应对措施调研报告①

——基于安徽省芜湖市部分法院、检察院的调查

近几年，随着佘祥林案、王树红案、赵作海案、浙江张氏叔侄案、内蒙古呼格吉勒图案等一系列刑事冤假错案的相继曝光，在社会上产生了强烈的反响。这些刑事冤假错案为什么会发生？为什么必须坚决纠正？今后又将如何防止？带着这些问题，我们暑期在安徽省芜湖市部分地区的法院、检察院开展了“我国司法机关刑事冤假错案发生原因及应对措施”调研。

一、调查基本情况说明

此次调研采取问卷调查的方式进行，累计发放问卷200余份，实际回收有效问卷194份，后经SPSS专业分析软件对所有问卷进行系统全面多层次的分析，得出了一些研究结论。

在被调查者身份一项，法官人数为123，占总调查者63.4%，检察官共有71人，占比为36.6%。虽然被调查者的总数不是特别多，但在司法机关繁重的工作环境下，能够回收194份有效问卷实属不易。

①由安徽师范大学法学院13级卓越司法班暑期社会实践团队完成；成员：王顺，马红梅，王智，陈阳，鲍林，席彤彤，杜浩鹏，杜文秀，宋婷婷，汤盈怡，王玥，王方圆，黄婷婷，汤瑞，金敏，胡庆薇，吴井。

在调查对象选择上，我们注重选择年龄适中、有丰富司法实务经验的法官、检察官，同时，也随机调查了部分年轻的司法机关工作人员，以便聆听不同群体对刑事冤假错案的看法，保证样本选择的代表性和广泛性。对于有着多年司法实务经验的法官、检察官来说，他们会有更多接触此类案件的机会，因此让他们做问卷能取得更真实的效果。而对于年轻的进入机关时间不长的法官、检察官来说，问卷调查一方面可以倾听他们看法，另一方面也可以为他们今后执法办案提供更多的借鉴和参考。

二、调查问卷的分析说明

1.是否遇到过冤假错案。

在回答身边是否遇到过冤假错案以及是否认为冤假错案可以完全避免这两个问题上，被调查者的回答基本上与我们原先的设想一致。即没有或者很少遇到过冤假错案，回答这两项的人数占比竟然高达96.9%，这说明当前司法机关可能确实很少碰到冤假错案，也可能因为尚未发现或者发现后没有及时曝光。同时也说明在司法机关内部开展此类比较敏感的课题调研确实有点尴尬，因为有些被调查者可能不愿意曝光真实情况，不仅要考虑工作保密性质，还要维护相关人员的职业自尊心。在回答是否可以避免冤假错案的问题上，答案比较均衡，回答“可以避免”、“不是完全可以避免”和“不好说”分别占比34.5%、43.8%和21.6%。这说明被调查者在回答该问题时主观性比较强，“不是完全可以避免”这一选项略占上风。当然，这也比较符合实际情况，见表1。

表1　是否遇到冤假错案

	频　率	百分比(%)	有效百分比(%)	累计百分比(%)
没　有	132	68.0	68.0	68.0
遇到很少	56	28.9	28.9	96.9
遇到很多	6	3.1	3.1	100.0
合　计	194	100.0	100.0	

2.易造成冤假错案发生的环节。

关于刑事冤假错案的产生原因。首先，在回答哪个环节更容易出现冤假错案的问题上，认为“侦查环节”更容易出现冤假错案占比高达54.1%，认为在“审查起诉环节”和“审判环节”分别占比15.5%和29.9%。之所以被调查者高比例地选择“侦查环节”，可以说，与长期以来形成的侦查环节存在刑讯逼供，重口供以及一系列侵害犯罪嫌疑人合法权益的现实有很大关联，见表2。

表2　哪个环节更容易造成冤假错案的发生

	频　率	百分比(%)	有效百分比(%)	累计百分比(%)
侦查环节	105	54.1	54.1	54.1
侦查起诉环节	30	15.5	15.5	69.6
审判环节	58	29.9	29.9	99.5
其他环节	1	0.5	0.5	100.0
合　计	194	100.0	100.0	

其次，为了解在特殊情形下，社会舆论对于冤假错案产生的影响程度，我们也设计了相关问题，并进行了调查。结

果显示，有高达72.6%的被调查者认为社会舆论对于冤假错案的产生有很大影响。2013年，最高人民法院发布《关于建立健全防范刑事冤假错案工作机制的意见》强调，为防范冤假错案，必须坚持依法独立行使审判权的原则。文件还明确规定，“不能因为舆论炒作、当事人上访闹访和地方‘维稳’等压力，作出违反法律的裁判”。这表明人民法院在依法独立审判的改革上取得了积极进展。

3.冤假错案产生的原因分析。

在调查刑事冤假错案产生的原因时，我们提供了几个备选项，而且设计成为多选题。其实，这几个备选项都是造成冤假错案的可能原因，被调查者回答的时候几乎是全部选了。那么，我们来重点分析一下，当前我国司法机关刑事冤假错案产生的可能原因。

（1）司法权制约不足。

随着我国刑事司法制度改革的不断推进，刑事诉讼抗辩式诉讼模式基本确立，“控、辩、审”三角诉讼结构也进一步形成，但是刑事诉讼制度中一些突出问题仍未得到有效解决，这表明强势侦查、优势公诉、弱势审判的格局尚未根本扭转。其次，公、检、法三机关地位、职能不平衡，制约机制难以有效运行。虽然《中华人民共和国刑事诉讼法》（以下简称《刑诉法》）规定，公、检、法三机关既要实行互相配合，也要互相制约，但现实是，公安机关有强大的政府作后盾，具有明显的强势地位，而检察机关既是公诉机关又是法律监督机关，在刑事诉讼中一身二任，也具有明显优势。检察机关与公安机关之间难以形成制约机制，可以说两者主要是配合关系而非制约关系。而且由于两者的“利益共同体”关系，检察机关对侦查活动的监督也随之弱化。最后，虽然当前刑事司法有一定的制度约束，但实际可操作性不强。

（2）疑罪从无的原则没有得到贯彻。

西方很多民主法治国家在刑事司法中长期坚持着一项重要的原则，即“疑罪从无”。其核心是赋予个人对抗强大公权的能力，即通过法律确保被告人拥有无罪公民的身份和地位，确保其享有特殊权利和保障，从而限制公权力用国家强制手段侵犯公民个人的自由、财产等基本权益。疑罪从无原则是刑事诉讼的基本理念，对保障公民权益具有重大意义，各国往往将其作为宪法性原则。如今，该原则已经成为国际刑事司法的最低准则。在我国，《刑诉法》虽然没有直接规定疑罪从无，但是其中有多个法条充分体现出“疑罪从无”的思想。但一直以来，司法机关并没有认真地加以贯彻落实。“佘祥林案”、“赵作海案”等等很多冤假错案就是坚持了“有罪推定”的理念，而没有贯彻“疑罪从无”的原则，导致诸多冤假错案的产生。

(3)社会舆论对刑事司法活动的影响。

这个问题前面已有分析，在此不多赘述。刑事案件特别是重大刑事案件容易受到公众和媒体的高度关注，案发地的党委、政府出于维稳的考虑，往往对案件处理有明确具体的批示意见，这些意见对司法职权的正常行使产生一定程度的影响。

（4）外部监督不力且内部监督体系不完善。

法律监督是检察工作的重心，法律监督是《宪法》赋予检察机关的一项基本职能。在调研中，我们发现，某些检察院对于法院在案件审理过程中做出的违法行为，碍于情面，不敢、不愿发放纠违通知书。被监督单位对检察机关监督工作漠视，不予回复，很多时候即便给予回复，后期整改措施也较为单一、缺乏刚性，最终使得检察机关法律监督流于形式。检察机关自身监督体系不完善，造成司法腐败乘虚而入，侵蚀办案人的思想，冲击社会公平正义和公众的法律信念，同样也会损害当事人的合法权益，导致冤假错案的发生。

十八届四中全会出台的关于建立领导干部干预司法活动、插手具体案件处理的记录、通报和责任追究制度对于防止冤假错案的发生起到了一定的作用，在调查中，有高达76%的被调查者认为成效很大。

4. 保障冤假错案申诉机制运行的措施。

在冤假错案的申诉机制运行方面，当前我国应该采取哪些措施来保证施行呢？调查发现，被调查者在以下几个方面都给予了很高的关注：

（1）人大应当加强冤假错案申诉机制的立法，通过顶层设计，切实有效地保证各类冤假错案的申诉有法可依、于法有据。

(2)法院可以完善刑事冤假错案申诉立案机制,确保有错误的案件能够及时顺利进入再审程序。

（3）检察机关应应当进一步完善对刑事申诉案件的受理、办理、移送、答复和跟踪监督制度。

（4）公安机关应进一步强化案件审核把关，及时发现纠正刑事执法办案中存在的问题,对于符合申诉案件的应当及时作出处理。

（5）司法行政机关可以对于来自申诉案件当事人的申请进行审查，对符合申诉标准的应当及时通知当事人移送给相关受理机关。

可见，相关部门应实事求是地采取有效措施，积极落实这些意见，从而努力构建出一张由人大、法院、检察院、公安机关等多部门协作组成的申诉机制网，切实保障相关当事人的申诉权。

5. 预防刑事冤假错案的措施。

在谈到如何采取有效措施来预防刑事冤假错案问题上，被调查者的回答主要集中在以下几个方面。

（1）完善立法。考虑到我国“有罪推定”“疑罪从轻”等错误刑事司法理念的长期性、广泛性和顽固性，《刑诉法》要明确将“无罪推定”“疑罪从无”作为刑事诉讼的基本原则加以规定。

（2）要真正落实以司法审判为中心的诉讼格局。科学合理地建构刑事诉讼结构，强化法院在刑事司法中的地位及其对公检的制约职能，打破审判与控诉重配合、轻制约的局面。

（3）要完善司法机关依法独立行使职权的诉讼制度。要建立抵制各种不正当干预司法活动的准则，切实保障司法机关独立行使职权不受干扰。

（4）要完善律师辩护制度。保障律师依法充分行使辩护权，完善非法证据排除程序、证人出庭制度，尽可能实行直接言词原则，保障法庭审判效果，确保取证、质证、认证的准确、合法，使被告人的“人权”和各种诉讼权利得到切实保障。

（5）优化司法环境、严格依法办案。要确保检察机关独立行使检察权，强化检察机关的法律监督职能；要确保法官独立行使审判权，改革审判制度，使之向专业化、科学化、诉讼化方向发展，改变上级部门对诉讼案件的指导性审查，更重要的是必须理顺政府、政法委与司法机关之间的关系；要避免社会舆论对诉讼的过度干扰等。

（6）加大司法机关的纠错力度。要树立有错必纠的理念；要加大对有关违法犯罪人员的处罚；逐步递增对案件下一程序的处罚力度，比如对于冤假错案在追责的基础上，对审查起诉阶段司法机关的处罚要高于侦查阶段，对二审的处罚要高于一审等，以规范有关人员的行为和尽量减少后一程序的出错机会。

在西方民主法治国家和我国的港澳台地区，还有一项重要制度用来保证维护犯罪嫌疑人合法权益和防止冤假错案产生，即“侦查机关讯问犯罪嫌疑人律师在场制度”。长期的司法实践证明，这项制度对于维护犯罪嫌疑人合法权益和防止冤假错案产生了积极效果。那么，在我国当期司法实务中，是否需要引入该项制度呢？引入该项制度对于防止冤假错案有多大作用呢？被调查者中，认为有一定作用的占比为53.1%；而认为作用比较大与非常大和作用比较小的分别占比为24%和21.6%。可见，被调查者对于引入“侦查机关讯问犯罪嫌疑人律师在场制度”还是持有积极态度的。

其实，近年来，国家立法、司法部门和理论界均开始重视律师在场制度，一些地方也进行了试点，并取得了良好的效果，侦查人员、律师和犯罪嫌疑人对律师在场均持肯定的态度。而立法规定律师在场权，则是司法改革和侦讯改革的突破口，应当提到立法的日程上来。面对当前司法公信力下降的窘迫局面，保障辩护方权利，依靠辩护律师的专业知识和业务能力制约公权力膨胀，有利于避免“冤假错案”和“超期羁押”现象发生。

6. 启动冤假错案追究机制的途径。

在回答可以通过什么途径启动冤假错案追究机制比较合理时，被调查者均选择了我们事先设定的备选答案，分别为：

（1）从来信举报中发现线索。

（2）开设错案追究专项服务热线。

（3）检察机关加强结案案件事后审查监督。

（4）加大人大代表专项质询制度。

除此之外，还有其他途径来启动冤假错案追究机制，比如可以从媒体曝光中发现线索，可以加强信访工作，等等。

三、结　语

冤假错案的发生给案件当事人带来沉重的灾难，同时也削弱了司法机关公信力。冤假错案的产生不是单个原因造成的，而是多种原因综合作用的结果，不是单个的失误而是一连串的失误。要解决冤假错案，必须充分完善和改良现有的制度。对于刑事诉讼必须慎之又慎，它关系到打击犯罪和保护人权，关系到公权力和私权利的平衡，对社会的影响巨大。我们必须严格贯彻“疑罪从无”和“罪刑法定”的原则；必须确保司法独立司法公正；必须确保程序正义，保障律师的辩护权得到充分的发挥，禁止刑讯逼供和确立严格的非法证据排除规则；必须严格责任追究制度，尽量地减少冤假错案的发生。

避免冤假错案的发生任重而道远，但是我们有信心采取有效措施来预防冤假错案的发生！

附：

我国司法机关刑事冤假错案产生原因及应对措施调查问卷

尊敬的各位法律工作者：

您好！

为了解您对冤假错案的看法，我们特意做了此次调查，诚恳地希望能得到您的支持与合作。本问卷大概占用您3~5分钟时间，不记姓名，问题的回答没有对错之分，根据您真实的想法和做法回答即可。我们将按照《中华人民共和国统计法》的规定，严格保密，并且只用于统计分析，请您不必有任何顾虑。谢谢！

1.您的职业（　　）

A.法官

B.检察官

C.律师

D.其他的法律工作者

2.您从事法律工作多少年了？（　　）

A.5年以下

B.5—10年

C.10—20年

D.20年以上

3.在您工作经历中以及身边是否遇到过冤假错案？（　　）

A.没有

B.遇到的很少

C.遇到过很多

4.您认为冤假错案是完全可以避免的吗？（　　）

A.是

B.不是

C.不好说

5.您认为哪个环节更容易造成冤假错案的发生？（　　）

A.侦查环节

B.审查起诉环节

C.审判环节

D.其他环节

6.您认为社会公众的舆论压力对于冤假错案的产生有影响吗？（　　）

A.影响非常大

B.影响比较大

C.影响一般

D.影响比较小

E.完全没有影响

7.您认为冤假错案的产生原因有哪些？可多选（　　）

A.侦察阶段存在漏洞

B.公检法三机关协作不紧密

C.证据环节重口供

D.疑罪从无理念没落实

E.辩护律师工作不到位

F.社会舆论压力的影响

8.您认为冤假错案产生的根本原因是什么？（　　）

A.司法工作人员的错误理念

B.司法工作人员的失职

C.立法体系不完善

D.追责机制不健全

E.社会舆论的不正当干预

9.您认为十八届四中全会出台的关于建立领导干部干预司法活动、插手具体案件处理的记录、通报和责任追究制度的追责制度对于避免冤假错案有效果吗？（　　）

A.成效非常大

B.成效比较大

C.成效一般

D.成效比较小

E.完全没有成效

10.您认为在冤假错案的申诉机制运行方面以下各方可以采取哪些措施？可多选（　　）

A.人大应当加强冤假错案申诉机制的立法，通过顶层设计，切实有效的保证各类冤假错案的申诉有法可依、于法有据

B.法院可以完善刑事冤假错案申诉立案机制，使确有错误的案件能够及时顺利进入再审程序

C.检察机关应当进一步完善对刑事申诉案件的、受理、办理、移送、答复和跟踪监督制度

D.公安机关应进一步强化案件审核把关，及时发现纠正刑事执法办案中存在的问题，对于符合申诉案件的应当及时作出处理

E.司法行政机关可以对于来自申诉案件当事人的申请进行审查，对符合申诉标准的应当及时通知当事人移送给相关受理机关

F.其他(请注明)：________________________________

____

____

11. 您认为冤假错案会让民众对于司法机关失去信心吗？（　　）

A.会

B.不会

C.不一定

12.您觉得加强哪个阶段程序的监督对避免冤假错案的发生有重要影响？可多选（　　）

A.侦查阶段

B.审查起诉阶段

C.审判阶段

D.执行阶段

E.其他阶段

13.您认为是否有必要引入国外的侦察机关讯问犯罪嫌疑

人律师在场制度？（　　）

A.有必要

B.没有必要

C.不好说

14.您认为如果引入国外的侦察机关讯问犯罪嫌疑人律师在场制度，对于避免冤假错案的发生有多大作用？（　　）

A.作用非常大

B.作用比较大

C.有一定作用

D.作用比较小

E.完全没有作用

15.您认为冤假错案的发生与当时的社会背景有多大关系？（　　）

A.关系非常大

B.关系比较大

C.关系一般

D.关系比较小

E.完全没有关系

16.您认为随着中国法律制度的完善，法治理念的深入贯彻，能够完全避免冤假错案吗？（　　）

A.完全可以避免

B.不可能完全避免

C.完全不可能避免

17.您认为通过什么途径启动冤假错案追究机制比较合

理？可多选（　　）

A.从来信举报发现线索

B.从媒体曝光发现线索

C.开设错案追究专项服务热线

D.检察机关加强结案案件事后审查监督

E.法院加强司法巡回审判力度

F.可以加强信访工作

18.为落实十八届四中全会提出的“推进以审判为中心的诉讼制度改革”，您认为以下哪些举措需要加以完善？可多选（　　）

A.立法机关需要加强顶层设计、完善法律体系

B.政府等行政机关要加强依法行政、减少行政干预

C.司法机关需要公正司法、秉公执法

D.发挥律师依法维护当事人权益、实现司法公正的作用

E.全民法治意识的提高

19.您认为还有哪些措施可以在一定程度上预防冤假错案的发生？

____

____

____

我们的调查结束了，您辛苦了！再次向您表示感谢！

八、“高校—司法实务部门联合培养”机制调研报告①

法学教育是我国高等教育的重要组成部分，在民主法治建设中发挥着基础性、先导性作用[1]。2011年12月23日，教育部、中央政法委联合发布《关于实施卓越法律人才教育培养计划的若干意见》（以下简称“卓越法律人才培养若干意见”），在该意见中提出探索“高校—司法实务部门联合培养”机制。加强高校与司法实务部门的合作，共同制定培养目标，共同设计课程体系，共同开发优质教材，共同组织教学团队，共同建设实践基地，探索形成常态化、规范化的卓越法律人才培养机制[2]。这是对传统法学教育的一次变革，在我国法学教育史中具有十分重要的意义。实务部门参与到这一联合培养机制中的意愿、困难和出路对于提高法科学生的实践能力、提高法学教育的质量、培养卓越法律人才进而探索未来法学教育之路影响很大，值得我们进一步深入研究。②

①本项研究主要是以芜湖地区的实务部门为样本展开的，旨在了解司法实务部门对参与法学教育的基本态度，为联合共建做一些铺垫。能够顺利完成这项研究得益于安徽省芜湖市中级人民法院、芜湖市人民检察院、镜湖区人民法院、镜湖区人民检察院、弋江区人民法院、弋江区人民检察院和兴皖律师事务所等单位的大力支持和配合。当然本文并不代表上述部门与相关同志的观点，文责自负。作者：彭凤莲，安徽师范大学法学院；张雷，安徽师范大学政治学院。

② 本项研究通过问卷、座谈会和采访的形式搜集原始资料，以问卷为主，对于回收的问卷主要是通过epidata录入数据，利用spss统计软件对数据进行分析。此项调研共回收有效问卷177份，其中法官83份，检察官60份，律师14份，书记员20份，基本上反映了司法实务部门的整体情况。

一、实务部门对目前法科学生培养质量的基本态度

（一）法科学生的培养质量较好，参与法律实务的态度积极

通过对实务部门反馈的信息分析，实务部门对于法学院培养的学生的整体质量满意，以大学法学院为主要教育机构培养出来的法科学生质量整体较好，但大部分学生质量一般，说明法科学生质量整体还好，但不够卓越。

实务部门的工作人员认为，自己指导过的大部分学生对法律实务工作很有兴趣，态度比较积极，详见表1。

表1 实务部门对法科学生培养质量的基本态度

题 目	选 项	百分比
1.实务部门对法科学生培养质量的看法	很好	5%
	好	40%
	一般	53%
	差	2%
	很差	0%
2.实习生在法律实务工作中的态度	没带过，不清楚	23%
	缺乏学习实务的愿望	11%
	态度一般，勉强合格	12%
	对实务工作很有兴趣	54%
3.大学法学院能否实现法科学生实践能力的培养目标	不可以实现	6%
	只能实现小部分	56%
	基本可以实现	24%
	大部分可以实现	14%
	全部可以实现	0%

法科学生参与法律实务表现出一定的差异性，一部分缺乏学习实务的愿望，一部分学生态度一般，勉强合格，大部分法科生对待法律实务工作是比较积极富有热情的。

（二）法科学生实践能力的不足

实践能力是卓越法律人才能力培养和提高的一个重要组成部分，尤其是在国际联系日益紧密的今天，对卓越实务人才的培养提出了更高的要求。法学教育主要是为了培养从事法律实务工作的人才，推动中国的司法进程。大部分法学毕业生的就业去向也集中在法律事务部门。所以法学教育理应培养出实务能力扎实的学生，以适应时代的要求。不过从实务部门反馈的信息来看，大学法学院在培养法科学生实践能力方面存在明显不足。

实务部门普遍认为大学法学教育只能实现小部分培养法科学生的实践能力。目前以大学法学院为中心的培养机制将导致法科学生的实践能力不足，同时实务部门对于高校培养的法科学生的实践能力也并不满意，详见表1。

总之，从实务部门对法科学生培养质量反馈的基本态度，可以看出，目前大学法学院法学教育基本可以实现对学生的理论教育，但在实践能力培养方面，大学法学院只能实现小部分职能，不能很好地提高学生的实践能力。法学教育不仅要传授法学知识，而且还要担负起培养掌握各类法律技能，胜任实际法律工作的“法律人”重任。所以，要培养理论水平与实践能力均衡发展的卓越法律人才，一方面要强化法学院的实践教学，另一方面要开展高校与司法实务部门共建，发挥司法实务部门的优势，推进高校与司法实务部门联合培养。

二、司法实务部门参与法学教育的意愿及其困难

（一）司法实务部门参与法学教育的态度

调研发现，实务部门认为联合培养法科学生以提高其实践能力是十分必要的。

在我们设置的问卷第四部分第1题中，几乎获得了实务部门工作人员近乎一致的同意，总计有170人认为需要共建，占总调查人数的96%。可以说，实务部门已经充分认识到在提高法科学生的实践能力方面，实务部门与高校共建的必要性，或者说，实务部门参与法学教育对于提高法科学生的实践能力是很有帮助的。

我们可以看到实务部门近乎一致地认为需要高校—司法实务部门共建培养法科学生。然而需要共建并非愿意共建，需要共建并非没有困难。调查问卷第四部分第2小题："您认为"高校—司法实务部门联合培养法科学生有困难吗?"在没有困难、有一点困难、困难、非常困难四个选项中，选择没有困难的仅为16%，也就是说在探索高校—司法实务部门联合培养这一问题上，是不可能没有困难的，详见表2。

调查问卷第三部分的第2小题的问卷设计目的在于了解司法实务部门对于"卓越法律人才若干意见的了解"，从侧面反映司法实务部门对于法学教育的关注。

由表2也可以看出，司法实务部门对于"卓越法律人才培养若干意见"的了解并不充分。选择"非常了解"的只有3人，占177份问卷的2%；而"非常不了解"的选择人数却有48人。这种强烈的对比，反映了实务部门对于这一重要文

件的了解是不充分的。

表2　司法实务部门参与法学教育的态度

题　目	选　项	百分比
1.高校–实务部门是否需要共建	需要	96%
	不需要	4%
2. 联合培养法科学生的困难程度	没有困难	16%
	有一点困难	58%
	困难	20%
	非常困难	6%
3对“卓越法律人才若干意见”的了解情况	非常不了解	27%
	比较不了解	24%
	一般	31%
	比较了解	16%
	非常了解	2%

（二）司法实务部门参与法学教育的困难

通过以上分析可以看出，实务部门工作人员认为探索“高校—司法实务部门联合培养”机制十分必要，但对法学教育的关注很不充分，联合培养也有一定的困难。

1.司法实务部门将自己在法学教育中定义为配角。

回顾历史，大学法学院是培养法科学生的主要机构，除了英国法律教育历史上出现过的律师学院培养法科学生的现象（并最终转变到大学来培养法科学生）之外，大学法学院始终是培养法科学生的主阵地。在历史惯性的循环中，想准确的定位两者之间的关系，实务部门的定位更为重要。因为大学法学院是传统的法科学生的教育机构，其在法学教育中一直发挥着重要的作用，实务部门并不以参与法学教育为使命。所以，实务部门参与联合培养的主动性大小和积极性高低很大程度上决定了困难的大小。

司法实务部门（包括法院、检察院、律师事务所）对自身在法学教育中的位置有着明确的界定——实务部门的主要工作是司法实务工作，并不是教育，换句话说教育并不是司法实务部门的职能，司法实务部门将自身在这一联合培养机制中所起到的作用称为“配合”作用。在相关座谈会和问卷中，司法实务部门的工作人员比较一致地用这一词汇来表达其在联合培养法科系学生中的定位。

实务部门对法学教育并没有很高的热情，他们所做的仅仅是力所能及的配合。这种缺乏主动性的关系定位，决定了高校—司法实务部门联合培养法科学生推行起来必然是困难重重。司法实务部门对于法学教育的理解和投入关系到这一联合机制的效果，决定着推进法学教育、进一步提高法科学生实践能力的可能性。

2. 互聘机制的保障措施不健全。

司法实务部门本身工作任务比较繁重，如果互聘保障机制不健全，其工作人员也难以投入到法学教育中来。有些高校聘任法院、检察院等实务部门的相关人员担任实务指导老师，用以提升法科学生实践教学活动的效果。从结果来看，校外兼职指导教师因时间和精力的限制难以坚持为在校生开设法律实务课程，或因部门之间协作机制不畅以致在聘任程序结束后鲜有针对性的实践教学活动。[3]互聘机制的不健全制约了司法实务部门参与法学教育的途径或难以长期投入法学教育中来。互聘机制在联合培养机制中属于困难最多、最为复杂的地方，解决好了这部分困难将有力地推动互聘机制的实施，提高其可行性和可操作性，继而推动高校—司法实务部门联合培养机制的有效开展。

为此，我们设计了一道多选项“您认为目前高校—司法实务部门联合培养法科学生的主要困难有哪些?”，共有6个选项。选择“实务部门工作任务重”和“互聘机制的保障措施不健全”分别都122人；“无牵头主导部门”和“可操作性、可行性不足”分别有79人和62人选择；认为“高校任务重”有45人选择；而“不乐意被聘到高校”的有32人选择。

这从某种意义上说明，互聘机制的完善是推进高校—司法实务部门联合培养法科学生机制中十分重要的一环。然而，现阶段的互聘机制不健全客观上影响了实务部门工作人员参与到法学教育中来。从“卓越法律人才培养若干意见”的规定可以看出，推行高校—司法实务部门联合培养法科学生这一机制从政策层面上两者是平等的参与法学教育。然而实际中实务部门并不太愿意以平等的姿态参与法学教育，主要原因就在于互聘机制的缺失，毕竟一个人做两个人的工作是不现实的。开放式的法学教育，应当把社会、法律实践、与其他学科交叉、甚至全球化的内容都纳入我国法学教育的事业和架构之中；消除“法学院”与“法院”的隔绝，明确法学教育的性质和宗旨。[4]

三、高校—司法实务部门协同解决困难

积极探索常态化、规范化的“高校—司法实务部门联合培养”机制，推行师资双向互聘制度。聘请地方立法、司法、行政执法、法律中介服务等机构具有丰富法律职业经验，并具有相应教学能力的实务人员担任高校法学实务导师，积极参与并指导高校的法学实践教学活动。[5]当然，要实现这一美好愿景，只有解决客观困难、完善互聘机制才可以推动联合培养机制的有效实施。

（一）司法实务部门转变观念

传统的法学教育是以大学法学院为中心展开的。新形势下这种模式已无法适应法学实践的要求，因而要探索“高校—司法实务部门”联合培养机制。这一机制中司法实务部门也应当担负起法学教育的职能。这就要求司法实务部门的工作人员首先转变观念，自身除了投身法律实务工作，还要承担法学教育的职能。司法实务部门也应该承担提高法科学生质量这一职责。司法实务部门在自身实践资源充足、占有第一手实践案例的情况下，对于法科学生实践能力不足的现状应当承担起改变的重任。①

司法实务部门参与法学教育，不仅有益于法学教育，也有利于自身的工作。一方面，承担法学教育能以一种参与法学教育的眼光来看待自己从事的实务工作，用法学理论指导自身的实务工作；另一方面，从事实务工作，深化自身对于

① 当然，这并不是要司法实务部门的工作人员做两份工作，而是有胜任两份工作的能力。从事实务工作与从事法学教育之间的冲突将通过完善互聘机制来协调。

法律的理解，将有助于提高自己法学教育的技能，为提升学生的实践能力打下良好的基础。这是一种互利双赢的选择。

转变观念是司法实务部门提高自身实务水平和教研能力的前提，只有转变观念才能在未来的司法实务工作和法学教育中崭露头角，当然这还需要一些政策方面的支持。

（二）法学院制订方案细则

法学院推动联合培养机制需要拟定一套比较完备的培养方案，包括实务部门工作人员的选聘、工作内容等。

1.选聘标准。

实务部门工作人员到高校任教，承担法科学生课程教学任务，需要以一定的标准选拔出真正的实务专家来给学生们授课，所以要明确选聘的标准。

表3　遴选实务部门工作人员的标准

	频次	百分比（%）	有效百分比（%）	累计百分比（%）
按照行政级别	11	6.2	6.2	6.8
按照学历	10	5.6	5.6	12.4
按照科研成果	19	10.7	10.7	23.2
按照实务工作业绩	135	76.3	76.3	99.4
其他	2	1.1	1.1	100.0
总计	177	100.0	100.0	

由上表可知学历、行政级别的选择比率和人数很低，而以实务工作业绩来遴选实务部门的工作人员比率和人数较多。以司法实务部门工作人员的工作业绩为标准，可以选拔出业务素质过硬的工作人员参与到法学教育中来，这对提高

法科学生的实践能力很有帮助。

2.胜任项目。

实务部门工作人员长期从事实务工作，到高校为法科学生授课并不能胜任所有的科目，所以了解他们能胜任的教学项目十分重要。模拟法庭、法律诊所、法律咨询中心、法律实习基地和组织学生观看庭审等选项的选择比率较高，分别有106、84、83、81和68人选择。所以，根据实务部门工作人员的特点和专长设置教学项目，既可以发挥实务部门工作人员的优势，又可以提高教学质量。

3.优势所在。

实务部门工作人员长期从事实务工作，实务经验丰富是他们的优势所在，这一点在调查结果中也有很强有力的说服力。在回收的177份问卷中，有159人选择了这一答案。这一优势对于高校与司法实务部门共同制定培养目标、共同设置课程体系、共同开发优质教材、共同组织教学团队和共同建设实践基地都有着十分重要的作用。

在接受调查的177名实务部门工作人员中，有155人选择了在“建设实践基地”方面比大学的老师更具优势，其次，是“制定培养目标”有83人选择；“设置课程体系”有76人选择；而“组织教学团队”和“开发优质教材”分别有50人和36人选择。实务部门工作人员长期从事实务工作，在实践中积累了丰富的经验，这对于他们从事实践教学，制定实践培养目标，设置实践课程体系很有帮助。在培养学生的实践能力方面，司法实务部门的工作人员优于高校法学院的教师。所以充分发挥实务部门工作人员的优势，对于弥补现今法学教育在学生实践能力方面的短板有很大帮助。

（三）完善联合培养机制

1.拓展联合培养的内容

应当说，在“卓越法律人才培养若干意见”出台之前，中国已有不少高校与实务部门建立了比较稳定的培养机制。但这种培养机制内容比较单一，涉及面比较窄，主要涉及实习、庭审等，应当在现有的培养基础上进一步拓展。

在“您认为培养法科学生实践能力的有效途径有哪些?”这一题中，选择“建设一批校外法学实践教学基地”的比例很高，有131人；“搞好案例教学”，有121人选择；“办好模拟法庭、法律诊所”，有109人选择；“开展并完善高校—司法实务部门互聘机制”，有92人选择；还有54人认为“在课程设置上应以学习法律实务知识为主”。可以看出开展高校—司法实务部门互聘机制对发展我国法学教育起着十分重要的作用，这是一种新的深度合作的模式。在这一模式下，更多的实践教学科目将被运用到教学中去，不断开拓法学教育的范围和领域。

2. 联合培养的保障机制。

（1）经费保障。

经费保障是基础，探索高校—司法实务部门的联合培养机制同样离不开经费保障。在经费来源方面，接受调查者更多倾向于上级或相关实务部门划拨和高校—司法实务部门联合筹措，其中选择“划拨”的有127人，选择“联合筹措”

的有79人。而实务部门的工作人员到高校任教每月获得的补贴情况，见表4。

表4　到高校任教每月获得的补贴情况

	频次	百分比(%)	有效百分比(%)	累计百分比(%)
0元	2	1.1	1.1	1.1
500元以内	5	2.8	2.8	4.0
500—1 000元	16	9.0	9.0	13.0
1 000—1 500元	29	16.4	16.4	29.4
1 500—2 000元	47	26.6	26.6	55.9
2 000元以上	78	44.1	44.1	100.0
总计	177	100.0	100.0	

可以看出，多数被调查者希望获得更高的补贴，这是市场经济条件下催生出的正常而合理的诉求。

（2）互聘机制对实务部门的吸引力。

司法实务部门工作人员参与到法学教育中来除了受补贴等现实利益的驱使，高校还有自身的一些特点吸引着他们。问卷第五部分第3小题中，您认为“高校-司法实务部门互聘机制”中什么最吸引实务部门的工作人员呢？在回收的177份调查问卷中，有110人选择“深化自身理论学习”，69人选择“培养法律人才”，59人选择“荣誉感和成就感”，而“重回学校的感觉”和“课时费”也分别有30人和25人选择。

由此，我们可以看出高校依然占据着法学理论的制高点，司法实务部门工作人员参与到法学教育中来也能提高自身理论水平。另外，也确实有相当数量的被调查者认为高校参与法学教育，可以为我国法学教育、培养法律人才做出一定的贡献，这更是一种荣誉和成就。

四、适应联合培养机制的调整

法科学生的实践能力不足是目前法学教育存在的一个大问题，探索"高校—司法实务部门联合培养"机制，可以拓展学生的视野，充分利用司法实务部门的资源，提高法科学生的实践能力。为适应这一培养机制，发挥联合培养机制的效用，我们对目前的法学教育还需要做一些调整或者某些方面的加强工作。

第一，针对学生实践中的热情不高问题，建立分类培养制度。法学专业的培养面临着多重人才培养模式，笔者认为应建立分类培养机制。法学专业是逻辑理论与实践能力并重的一个专业，然而理论与实务是两种完全不同的思维逻辑，二者的冲突难以避免，导致难以培养全面发展的学生。

法学本科的专业设置归为统一的"法学"专业，"国际法""经济法"等专业不再存在。[6]分类培养可根据学生的兴趣，自主选择，在大四学年分为实务组和理论组。实务组的培养目标是培养实践能力扎实的学生，理论组的培养目标主要侧重于法学理论的教育和法学研究。这种分类可以保证有志于实务工作的学生在实务中投入更多的热情，实务部门的老师也能够进行更专业地指导，发挥联合培养的实效。①

第二，完善互聘机制，建立实践导师制。培养学生的实务工作能力需要建立实践导师制，因而需要进一步加强与实务部门的合作。在培养学生实践能力方面做得比较好的英国，建立的就是一种师傅带徒弟的学徒式培养模式，能够很好地培养学生实践操作能力。我国在改革开放后的法学专业实习中，也建立了一套类似导师制的培养法科学生实践能力的体制。不过，后来伴随着学生数量的增加，司法案件的增多，实务工作人员花在培养学生上的工夫就少了，导致学生的实践能力不断下滑。另外，不少高校的实习安排和考研、司法考试存在一定的冲突，如何协调几者之间的关系也值得研究。至今，仍有不少业务已经相当精湛的实务工作人员十分怀念这种培养模式，并称之为“手把手”的艺术。②

第三，加强法科学生的思想政治工作教育，树立自主成才观念。以往这方面的问题主要是要求学校“加强法律职业道德的教育，特别注意将这些教育渗透到法律专业课程中去”[7]“加强社会主义法治理念教育，夯实法学专业教育的思想基础。”[8]这种提法忽略了学生的主体感受，不利于学生参与到自我教育、自我规划中来。

“高校—司法实务部门联合培养”机制是新形势下推进

① 值得一提的是，我国民国时期的法学教育也是分组的，从何勤华教授所著的《中国法学史》（第三卷）中第86–113页的内容可以反映出，当时的法学教育分为司法组、行政法学组、国际法学组和理论法学组。此外，还有诉讼实习等课程。

② 在杰罗姆·弗兰克所写《如何打造优秀的法学教育》一文中，他甚至呼吁建立“我重申，我主张的是以律所为中心的法学院”，并以这种更高层次的回归学徒制度，来提高法科学生的实践能力。

法学教育的一项新举措，开展并完善这一机制对于提高法科学生的培养质量至关重要。然而，想要取得法学教育的成功离不开法学教育理论、实践知识的传授，更离不开学生自我主观能动性的发挥，学生要自觉地树立自我负责的意识、自我成才的观念，不断提升自身修养，积极学习法学理论知识，积极参与法学实践，实现全面发展。法科学生的培养离不开对他们的职业规划教育，帮助他们树立法律的信仰和崇高的人生理想，这对于法科学生的培养尤为重要。

五、结　语

中国为什么会缺失自己的法学教育理想图景呢？[9]笔者以为这不仅是一个理论问题，也是一个实践问题。虽然，“中国法学教育的理想图景是什么样的”无法描绘得更加细致，但却不可忽视法律的实践性。实践教学是卓越法律人才培养计划的核心环节，法学实践教学改革必须依据卓越法律人才教育培养计划、强调对学生法律实践技能的培养，提高学生运用法学理论知识解决问题的能力，全面推进法学教育与法律职业的深度衔接。[10]探索“高校—司法实务部门联合培养”机制是有效提高法科学生实践能力的途径。实务部门以一种负责的姿态参与法学教育，对于提高法科学生的实践能力有很大的帮助。“高校—司法实务部门联合培养”机制是将这种目标转化为现实的一种可行路径。我们通过调研（问卷、座谈会和采访）等形式，了解到司法实务部门参与这一机制中的困难，并提出通过完善互聘机制来解决困难。应当说，这种探索和尝试对促进当前法学教育，实现培养卓越法律人才的目标是有一定帮助的。

当然，联合培养机制涉及高校、司法实务部门和学生三方主体，司法实务部门又有法官、检察官和律师等不同职业群体，内容比较广泛，而本文只是以司法实务部门为主体进行的考察，这决定了本文只能算是一个初步的探讨。探索“高校—司法实务部门联合培养”机制应当立足于我国国情，以发展法学教育、培养卓越法律人才为目标，借鉴古今中外的有益经验，不断地丰富和完善这一机制。

参考文献

[1] 黄进.以提升人才培养质量为核心，悉力培养造就卓越法律人才[J].中国高等教育，2012(9).

[2] 教育部、中央政法委员会《关于实施卓越法律人才教育培养计划的若干意见》，教高[2011]10号文件。

[3] 王泽鉴.“个案教学法”的新探索[J].法学，2013(4).

[4] 刘蕾.法学实践教学改革与卓越法律人才培养[J].教育评论，2013(2).

[5](美)杰罗姆·弗兰克.如何打造优秀的法学教育[J].王晨光，译.法学杂志，2012(5).

[6] 刘蕾.法学实践教学改革与卓越法律人才培养[J].教育评论，2013(2).

[7] 张新宝.个案全过程教学：在素质教育基础上的能力培养[J].法学，2013(4).

[8] 苏力.法制及其本土资源[M].北京：中国政法大学出版

社，2004:326.

[9] 黄进.以提升人才培养质量为核心，悉力培养造就卓越法律人才[J].中国高等教育，2012(9).

[10] 邓正来.中国法学向何处去——建构“中国法律理想图景”时代的论纲[M].北京：商务印书馆，2011:12.

[11] 教育部、中央政法委员会《关于实施卓越法律人才教育培养计划的若干意见》，教高[2011]10号文件。